Am Abgrund

Martin
Egidius

Am
Abgrund

Roman

Bibliografische Information der Deutschen Nationalbibliothek:
Die Deutsche Nationalbibliothek verzeichnet diese Publikation
in der Deutschen Nationalbibliografie; detaillierte bibliografische
Daten sind im Internet über
http://dnb.d-nb.de abrufbar.

© 2009 Martin Egidius
Satz, Umschlaggestaltung, Herstellung und Verlag:
Books on Demand GmbH, Norderstedt
ISBN: 978-3-8334-7121-6

Am 5. März 1991 erregte ein seltsames Verbrechen die Gemüter der halben Welt. Der Direktionspräsident und Aufsichtsratsdelegierte eines weltweit tätigen Konzerns streckte in N., wo er sich gerade geschäftlich aufhielt, auf offener Straße einen ihm völlig unbekannten Jugendlichen ohne ersichtliches Motiv nieder. Der Mann ließ sich daraufhin widerstandslos festnehmen. Auch während der Untersuchungshaft soll er über Wochen einsilbig, ja fast apathisch geblieben sein. Fotos allerdings, die anlässlich des Begräbnisses seines Opfers gemacht wurden, zeigten den – eigenartigerweise anwesenden – Tatverdächtigen in der für ihn üblichen Pose des weltläufigen Managers; er schien nicht nur unbeeindruckt, sondern ließ sich überdies ein Verhalten zuschulden kommen, welches vielleicht einer Cocktailparty gut angestanden hätte, bei einer Trauerfeier aber, zart ausgedrückt, reichlich geschmacklos wirkte. Da dabei auch die Schwester des Opfers in einem überaus zweifelhaften Licht erschien, vermuteten einige bereits düsterste, niederträchtigste Zusammenhänge – welche in der Folge freilich unbewiesen blieben.

Aus anderen Gründen sorgte der Verlauf des Strafverfahrens immer wieder von Neuem für Wirbel. Bald stellte sich nämlich heraus, dass kurz nach dessen Beginn dem Täter nahestehende Kreise versucht hatten, nicht nur massiv auf die Untersuchungsbehörde, sondern noch viel mehr auf das Gericht einzuwirken. Bestechung und Einschleusen von Gewährsleuten in das hochmoderne, mit allen Überwachungsschikanen ausgestattete Untersuchungsgefängnis waren nur die zwei gewichtigsten Vorwürfe. Damit weitete sich die Affäre zu einem veritablen Justizskandal aus. Allerdings schüttelten nicht nur Fachleute ob derart groß angelegter Unlauterkeit ausgerechnet in diesem Fall fassungslos den Kopf, hatten doch schon von allem Anfang an erhebliche Zweifel an der Schuldfähigkeit des Täters bestanden. Zwar hatte er nachweislich weder unter Alkohol- noch unter Drogeneinfluss gehandelt, aber selbst nach ausgiebigen weiteren (sauberen) Untersuchungen ließ sich kein auch nur halbwegs einleuchtendes Tatmotiv ermitteln. Die psychiatrischen Gutachten bestätigten denn auch die ersten Vermutungen: überwältigender Affekt mit neurotischen Hintergründen. Da der Proband, so hieß es, nicht nur therapierbar, sondern auch sehr therapiewillig sei, könne eine gute Prognose gestellt werden. Durch geeignete Maßnahmen, insbesondere eine psychologische Betreuung, sei das Rückfallrisiko gering.

Die Auslöser des Justizskandals, neben den öffentlichen Amtsträgern vor allem die Frau des Angeklagten, wurden zwar ihrerseits unverzüglich verhaftet und die weiteren Untersuchungen einem ländlichen Gericht mit unzweifelhaft reiner Weste übertragen, das denn auch, wie bereits angedeutet, mit sehr viel Umsicht ans Werk ging. Das Urteil lautete aber trotzdem wegen weitgehender Zurechnungsunfähigkeit nur auf eine bedingte Strafe von zwei Jahren Gefängnis mit einer dreijährigen Bewährungsfrist, deren Beginn ausgesetzt wurde, solange die dem Angeklagten ebenfalls auferlegte stationäre psychiatrische Behandlung in einer geschlossenen Anstalt andauerte. Begreiflicherweise explodierte die öffentliche Empörung – an der einwandfreien gerichtlichen Begründung gab es jedoch nichts zu rütteln. Der Staatsanwaltschaft konnte daher beim besten Willen kein Vorwurf gemacht werden, wenn sie von jeglichem Rechtsmittel absah.

Kurz vor Weihnachten 1991 starb der Verurteilte plötzlich und völlig unerwartet gut vierzigjährig noch während der Behandlung in der Klinik. Die sofort durchgeführte Autopsie bestätigte die erste Vermutung auf einen Herzinfarkt. Hinweise auf einen Unfall oder gar Suizid gab es keine.

In den Papieren des Verstorbenen fand sich unter anderem ein Umschlag mit Aufzeichnungen, eine Art Autobiografie, deren Niederschrift kurz nach der Einlieferung in die Anstalt einsetzte und Anfang November endete, wobei, wie sich aus der handschriftlichen Fassung ergibt, einige Abschnitte vor der elektronischen Reinschrift fortwährend überarbeitet wurden (nur der letzte, das „Nachwort", liegt lediglich getippt vor). Um eine posthume Veröffentlichung bittet der nach wie vor berühmt-berüchtigte Verstorbene darin zwar nicht, gestattet sie jedoch erstaunlicherweise ausdrücklich in einer Zusatzklausel – als ob er mit seinem baldigen Tod gerechnet hätte. Sein Bericht erschien denn auch im März 1992 aus Anlass des Jahrestags der Untat auszugsweise in einigen Tageszeitungen und Zeitschriften und sorgte ein weiteres Mal für einige Verblüffung, haftet ihm doch trotz offensichtlichem Mitteilungsbedürfnis, trotz inhaltlicher wie sprachlicher Behutsamkeit, mitunter gar Reserve, so gar nichts von der erwarteten gefühlskalten Rechtfertigungsschrift eines abgebrühten Schwerverbrechers an. Nicht zuletzt deshalb geben wir ihn hier erstmals – und exklusiv – vollständig wieder.

– 1 –

Vor fast fünf Monaten erwachte ich eines Morgens in einem Hotelzimmer, das sich in keiner Weise als eine Zelle des Bezirksgefängnisses von N. zu erkennen gab. Ich hatte gut und traumlos geschlafen und beim Erwachen empfing mich der neutrale Charme einer Bleibe, die für irgendwen eingerichtet ist. Da war jener Geruch nach Sauberkeit und Unberührtheit, irgendwo zwischen Lavendel, Rosen und Reinigungschemie, da war jenes funktionelle Styling, welches Zweckmäßigkeit mit möglichst allgemeingefälliger Form verbindet, ja da war sogar die diskrete Ruhe, die alles eindämpft in jene so typische, rücksichtsvolle Privacy von Unterkünften mit gewissem Anspruch. Irgendwo vor dem Fenster zwitscherten Vögel, was der damaligen Jahreszeit, es war ja Frühling, eigentlich entsprach, und wenn man unbedingt wollte, hörte man rege passierende Autos in der Ferne. Die Straßen waren allem Anschein nach nass, auch ein zischendes Abrollgeräusch drang bis zu mir durch.

Ich war noch ziemlich benommen, als man mir das Frühstück brachte. Eigentlich hätte ich wohl längst nicht mehr im Bett sein sollen, aber man machte mir keinerlei Vorwürfe, stellte das Tablett nur hin und ging. Damals nahm ich das für eine Bestellung, von der ich nichts mehr wusste, und ich war höchstens irgendwo im Hinterkopf darüber befriedigt, wie selbstverständlich reibungslos auch an jenem Morgen alles funktionierte. Gewisse Dinge erledigt man mit der Zeit fast automatisch, und dass Frühstücksbestellungen im Halb- oder gar Vollschlaf geschehen konnten, war eigentlich nur eine übersteigerte Variante mir längst bekannter innerer Abwesenheit. Ich rührte deshalb wie üblich zunächst nichts an, drehte mich noch einmal auf die andere Seite, und als ich das zweite Mal erwachte, war das unberührte Tablett schon wieder weggeräumt.

Heute ist mir das fast unvorstellbar, aber es war so: Nichts kam mir sonderbar vor in jenen ersten Morgenstunden. Es war einfach eines jener zahllosen Hotels, in denen ich schon genächtigt hatte, achtlose oder zu rücksichtsvolle Etagenkellner hatten ihren Dienst getan, fertig. In all diesen Zimmern schlief ich entweder unruhig oder wie bleiern, selten richtig gut und erfrischend. Vielleicht hatte man am Abend zuvor ein Schlafmittel geschluckt oder etwas Alkoholisches; man hatte ja einen übervollen Tag hinter sich, wusste einen vor sich, schob ihn aber gern noch ein wenig beiseite, und dafür war einem jedes Mittel recht. Und das Personal hatte ja ohnehin den Auftrag, strikt dafür zu sorgen, dass ich meine Termine nicht verpasste.

Stutzig wurde ich erst, als sich gar niemand rührte. Ich stand auf, ging ins Bad, das etwas eng, aber mit allem Nötigen ausgestattet war, duschte, suchte vergebens nach meinem Gepäck, und erst als ich zum Telefon greifen wollte, um danach zu fragen, merkte ich, dass es hier keinen Apparat gab. Auch hatte ich in einem Nachthemd geschlafen, was sonst gar nicht meine Art ist, und anstelle des üblichen gebürsteten und gebügelten Anzugs lag lediglich eine Art Trainer auf dem Stuhl, nebst solider, aber billiger Unterwäsche. Da stand ich nun also, mitten im Zimmer, eingewickelt in mein Badetuch, das zum Glück üppig bemessen war, kraulte mit meinen nackten Füßen den billigen, aber hochflorigen dunklen Spannteppich – und war ganz einfach ratlos.

Ich glaube, das war das erste Mal, dass ich Ratlosigkeit so bewusst empfunden habe. Zunächst war sie allerdings nicht viel mehr als ein plötzliches Aufleuchten von etwas Neuem. Nicht erst durch die verschiedenen Befragungen seither habe ich immerhin begriffen, dass einzig ihr bewusstes Aufleuchten neu war, nicht die Ratlosigkeit selber. Damals hingegen stand ich in meiner Benommenheit ganz einfach noch eine geraume Zeit so wohlbetucht da. Wie immer hatte ich mich unsorgfältig abgetrocknet und nun spürte ich, wie sich überall einzelne Tropfen langsam, fast zögernd, aber unerbittlich den Weg nach unten bahnten. Das damit verbundene Jucken muss mich wohl nervös gemacht haben; denn plötzlich saß ich mit aufgestützten Ellenbogen in meinem blauen Trainer am Tisch, die Jacke spannte unangenehm um den Bauch, und wartete auf irgendetwas. Was kam, war nichts, rein gar nichts – außer Hunger (ich hatte ja nicht gefrühstückt). Ich wollte hinunter zur Rezeption gehen und für ordentliche Bedienung sorgen, überhaupt wollte ich wieder klare Verhältnisse schaffen, mein Gepäck suchen, allenfalls mit dem Direktor reden. Natürlich zweifelte ich nicht im Geringsten an der Wirkung meines Auftritts, da bestimmt auch dieses Etablissement mit unserer Firma irgendwie verbandelt war. Und wahrscheinlich dachte ich nun doch auch an meine

Geschäftspartner und Termine; jedenfalls schlug ich mir eine gewaltige Beule an der massiven Innenplatte der Türe, die mit der allergrößten Selbstverständlichkeit nicht nachgab. Dass kein Schlüssel steckte und nur so etwas wie ein Knauf da war, scheine ich damals gar nicht wahrgenommen zu haben.

Sie erscheint in einem eigenartigen Licht, diese Stimmung der ersten Stunden, jetzt, wo alles dabei ist, sich zu verschieben und zu ändern. Ja, erst jetzt, wo ich beim Korbflechten, Häkeln oder Spazieren alles noch einmal durchspiele, erscheint sie überhaupt in einem Licht. Erst jetzt habe ich Zeit, ja Lust, zu schreiben, obwohl die Tage doch damals viel endloser waren und ich oft nichts weiter tat als rauchen und dem Rucken des Sekundenzeigers meiner Quarzuhr nachschauen. Allerdings war bereits dieses Rucken eine Entdeckung, war doch Zeit vorher vor allem das, was man nicht hatte, gewesen.

Durch die Unmöglichkeit, ihn zu verlassen, wurden mir endlich die Dimensionen des Raumes bewusst und der Begriff, der sich aufdrängt, um mehr noch meinen damaligen Eindruck als die wirklichen Abmessungen zu beschreiben, ist und bleibt „eng". Aber wahrscheinlich wäre mir der üppigste Saal eng vorgekommen, wenn äußerer Zwang ihn zu meinem einzigen Lebensraum gemacht hätte. Für ein Hotel mittlerer Kategorie hätten nämlich sowohl die Größe wie der Standard der funktionellen Einrichtung sehr wohl hingereicht: vor dem Fenster ein türkisfarbener Tisch aus billigem, kunststoffbeschichteten Pressspan mit Chrombeinen, davor ein Stuhl, ebenfalls in Chrom und Kunststofftürkis, ein Holzquader mit eingebautem Radio als Nachttischchen – ja selbst ein kleiner Fernseher stand in einem Regal am Fußende des Bettes, ein einfacher brauner Schrank gleich daneben, aus billigem Holz auch er. Eigentlich wirklich kein Wunder, dass diese Umgebung einen so hartgesottenen Hotelzimmerbeduinen wie mich nicht überraschte.

Mit der Zeit wurde dieser Beduine nun allerdings trotzdem ungeduldig. Ein leerer Magen macht kribblig, erst recht, wenn man nichts weiter zu tun hat, als da zu sein und zu erleben, wie sich keimendes und anschwellendes Kribbeln anfühlt. In dieser Verfassung ruhig dazusitzen war auf die Dauer ein Ding der Unmöglichkeit – aller besseren direktorialen Einsicht zum Trotz. Wie ein hungriges Raubtier begann ich daher bald die aberwitzigsten Runden in der Zelle zu drehen. Dabei geriet ich aus einleuchtenden Gründen bald an steinharte Grenzen. Diese beruhigten mich aber keineswegs – ganz im Gegenteil. Sogar zu rauchen vergaß ich.

Gegen Mittag wurde ich endlich von jener überaus vollbusigen älteren Frau erlöst, die später „meine" Martha werden sollte. Mit Schweißperlen auf der Stirn und keuchendem, schwerem Atem entschuldigte sie sich stammelnd, aber wortreich für die Verspätung – es war schon bald halb zwei –, meinte jedoch beschwichtigend, diese würde durch die Qualität des Essens mehr als wettgemacht; in etwa einer Stunde würde sie wiederkommen, um das Tablett zu holen.

Dieses Tablett war schon ziemlich eigenartig bestückt, muss ich sagen. Das Essen war zwar gut – Truthahnschnitzel an einer braunen Mehlsauce, Nudeln und grüner Salat, wenn ich mich richtig erinnere –, aber das Besteck wich vom üblichen Standard doch beträchtlich ab. Anstelle des Messers lag nämlich neben dem Plastikteller eine Art Schieber, ähnlich denen, die man kleinen Kindern gibt, und die Zinken der Gabel waren vorne dermaßen abgerundet, dass es mir erst nach mehreren Versuchen gelang, die Bissen überhaupt daraufzubekommen. Da das Fleisch in kleine Häppchen zerschnitten war, ließ es sich zur Not auch löffeln.

Logisch, dass mich solche Schikanen ärgerten – zunächst einfach ärgerten, nichts weiter. Dass dieses Besteck ebenso wie die bestens entschärfte Zelle Teil der Maßnahmen waren, die den Häftling vor sich selber schützen und der Justiz jene Arbeit ermöglichen sollten, in der sie ja ohnehin schon bis weit über alle Polizisten-, Staatsanwalts- und Richterohren steckte, merkte ich erst, als ich mich schon längst an die hier gängige institutionalisierte Fürsorge gewöhnt hatte. Vorerst aß ich so gierig wie möglich die standardisierten Bissen. Ich scheine dabei nicht allzu ungeschickt vorgegangen zu sein, denn ich döste längst schon auf dem Bett vor mich hin, als Martha, wiederum keuchend, zurückkam und das leer geputzte Tablett mitnahm. Sogar den zum Nachtisch beigelegten Apfel habe ich gegessen, obwohl ich sonst ganz und gar kein Apfelliebhaber bin.

Erst am späteren Nachmittag, fast gegen Abend schon, packte mich dann jener grenzen- und bodenlose Koller, ähnlich wohl dem, der einen auf oder zwischen hohen Bergen heimsucht, und es ist schon erstaunlich, mit welch ungeheurer, ja fast unheimlicher Gelassenheit ich heute an jenes Gefühl zurückdenken kann; die Bezeichnungen dafür sind fast nur noch Etikette. Ein leiser Schauder durchzuckt mich höchstens noch, wenn ich jetzt beim Schreiben ein paar Farben jener düsteren Stimmung wieder vor mir erscheinen lasse. Man wird hier ja richtig darauf getrimmt, in sich hineinzuhorchen, und alles, was man da auch nur ahnt, nicht nur unglaublich ernst zu nehmen, sondern auch gleich noch hieb- und stichfest zu benennen. Ich *muss* deshalb genau sein wollen und das, was die Gegenwart ihnen beimengt, von der gleichsam nackten Unmittelbarkeit der Erinnerungen zu trennen versuchen. Die Sitzungen beim Psychiater, die therapeutischen Maßnahmen, wie etwa Basteln in der Gruppe oder Spaziergänge unter ständig aufmunternder und trotzdem sich stets beherrschender Aufsicht hinterlassen ganze Wechselbäder von Spuren und manchmal glaubt man, ein anderer hätte so gefühlt und gedacht, nicht das eigene Bewusstsein vor vielleicht kaum fünf Minuten. Selbst dem, was man riecht, hört und sieht, traut man kaum mehr. Äußert man diese Beobachtungen gegenüber einer Fachperson, so hängt man oft erst recht in der Luft, besonders wenn man auf der Couch liegt; immerhin glaubt man hie und da ein erfreutes Lächeln über ihre Lippen huschen zu spüren.

Wenn ich also wirklich genau sein will, so muss ich vor allen Dingen sofort etwas klarstellen: Ich weiß nichts mehr genau. Ich rekonstruiere fast alles, einem Fahnder oder Archäologen nicht unähnlich. Nur auf solch mühsamen und fintenreichen Pfaden komme ich überhaupt zu Schlüssen. Wenn ich jenen ersten Abend auf diese Weise wie ein Zusammensetzspiel Stück für Stück wieder zu so etwas wie einem Ganzen füge, so will mir, als Beobachter, scheinen, Hans Müller habe damals das Ganze als eine existenzielle Bedrohung erlebt, wie er sie noch nie zuvor erlebt hatte – nie oder schon lange nicht mehr. Jedenfalls blieb ihm der Atem weg, er keuchte fast schlimmer noch als

Martha, schnappte nach Luft, dann trommelte er plötzlich mit den Fäusten gegen Tür und Wände, warf sich aufs Bett, wälzte sich, zerknüllte die Betttücher. Irgendwann versank er in so etwas wie nervöse Bewusstlosigkeit, die in Schlaf mündete.

Und irgendwann setzten zwei Beamte diesem Zustand ziemlich abrupt ein Ende.

Sie brachten mir eine Reihe von Papieren, die ich zu unterzeichnen hatte. Ich muss dies mit der üblichen Routine, ohne hinzusehen, getan haben. Ich hatte leichte Kopfschmerzen, wohl weil ich schon lange nicht mehr geraucht hatte. Man hinterließ mir eine Liste von Anwälten, aus welcher ich einen Verteidiger auswählen könne. Allesamt seien sie bestens ausgewiesene Strafrechtsexperten. Ich kenne persönlich kaum Strafrechtler. Natürlich beschäftigen auch wir einen ganzen Stab von Juristen in verschiedensten Funktionen und Ländern; die klären aber vor allem Fragen des Handels-, Steuer- und Vertragsrechts ab und kümmern sich um die unterschiedlichen staatlichen Zulassungsbestimmungen und Auflagen. Sie bilden gleichsam die Vor- und Nachhut der Verhandlungen, verrichten die aufreibende Kleinarbeit; aber selbstverständlich trägt auch in der Wirtschaft – wie überall – geschicktes Taktieren viel mehr zum gewünschten Ergebnis bei als juristische Korrektheit. Und Straffälligkeit wussten wir vor den jüngsten Verwicklungen während meines Verfahrens stets zu vermeiden. Damals saß ja auch Elena noch nicht im Gefängnis (wie wird sie das alles nur schaffen, die Hochschwangere!). Damals hielt uns Bestechung noch von den Gerichten fern, statt sie zu mobilisieren.

Ich setzte also wahllos den Finger auf irgendeinen

Namen, füllte das entsprechende Formular aus und vergaß alles sogleich wieder. Kurz später brachte mir Martha, diesmal offensichtlich weniger unter Druck, mein Essen und fand sogar Zeit, nach meinem Befinden zu fragen. Sie hat eine heisere, tonlose Stimme, aber in ihrer Frage schien doch so etwas wie Anteilnahme und Wärme zu liegen. Nach dem Essen legte ich mich in den Kleidern aufs Bett, blätterte in der Zeitung, die mir Martha dagelassen hatte, und versuchte trotz meines dumpfen Kopfes wenigstes das Wichtigste zu lesen, schlief aber sogleich ein.

Einige Stunden später erwachte ich, nun mit starken Kopfschmerzen, unter einem Zelt zerknitterten Zeitungspapiers. Einige Male versuchte ich mich noch von den Schmerzen wegzudrehen, natürlich erfolglos. Diese sinnlose Willkür des Halbschlafs dauerte so lange, dass ich mich noch heute daran erinnere. Eigenmächtig und gewalttätig drehte und wand sie sich, bearbeitete geräuschvoll Zeitungspapier, warf es ab, strampelte, wand sich endlich doch aus den Decken heraus und entließ mich in eine gebückte Hocke und in ein jämmerliches Wachsein.

Noch nie zuvor hatte ich einen solchen Zustand so – so gleichsam körnchenweise erlebt. So, dass er als einzelnes Erlebnis und nicht einfach unter der Rubrik „Kopfschmerzen und Übelkeit" im Gedächtnis haften blieb. Sonst vergessen wir diese Unpässlichkeit ja sogleich wieder, kaum ist der Mangel behoben. Sie gehört zur normalen Skala der Möglichkeiten unserer Tagesform; wir schlucken ein paar Tabletten und wenden uns Wichtigerem zu. Hier gab es aber nichts Wichtigeres, und Tabletten schon gar nicht.

Zudem saß ich in vollkommener Dunkelheit da; auch

vom Fenster her drang nicht der leiseste Anflug eines Schimmers in die Zelle. Irgendwie schien diese noch zusätzlich verdunkelt (oder gesichert?). Ich tapste also im Raum umher, trat dauernd auf Papier, suchte vergebens nach dem Lichtschalter, stieß nur gegen glatten Kunststoffabrieb, fand endlich den Durchgang zum Bad und dort auch das Licht. Zuallererst erbrach ich mich tüchtig und überspülte dann den Kopf mit Wasser. Das half ein wenig. Am liebsten wäre ich an die frische Luft gegangen, aber … nun ja.

Eigentlich war mir damals noch kaum bewusst, dass ich in Untersuchungshaft war. Zwar hatte man mich über Ort und Gründe meines Aufenthalts nicht im Unklaren gelassen – aber blitzschnell und gründlich ist die Verdrängungsguillotine; wer würde mir das hier in der Anstalt nicht bestätigen?! Immerhin war mir nun endgültig klar, dass ich mit diesen paar Quadratmetern Lebensraum auszukommen hatte, koste es, was es wolle. Gleichzeitig spürte ich aber, dass ich das auf die Dauer niemals aushalten würde. Mit einer baldigen Befreiung rechnete ich eigenartigerweise schon damals nicht mehr. Dass ich kaum zwei Tage später wieder für ein paar Stunden in die Außenwelt dürfen, ja müssen sollte, konnte ich beim besten Willen nicht ahnen, doch davon später.

In jener Nacht irrte ich ein, zwei Stunden in meinem Zimmer umher, diesmal ohne tätlich zu werden, meinem Kopfweh, das nur langsam abklang, immer einen halben Schritt voraus. Zwar klingt „irren" hier wohl eigenartig, aber der Ausdruck könnte treffender nicht sein, für meine damaligen Wanderungen ebenso wie für meine Befindlichkeit. Wann ich mich wieder ins Bett legte, weiß ich nicht. Im Gegensatz zur Nacht zuvor erinnere ich mich gut und nicht ohne Scham, wie ich mir diesmal mein langes Nachthemd ziemlich umständlich überstreifte – ist ja für einen Mann ein doch ziemlich eigenartiges Unterfangen, wenn er nicht im Krankenhaus ist.

Am andern Tag fanden die ersten Verhöre statt, deren Inhalt ich vollständig vergessen habe. Geblieben sind mir aber die Verhörer. Für den Untersuchungsrichter passt nur ein Adjektiv: adrett. Alles bis aufs letzte Härchen war adrett; alles stimmte, sogar die Art, wie er die Akten auf den Tisch legte. Ebenso gut hätte man ihn als Fernsehansager einstellen können, so sehr roch sogar seine Sprechweise nach bewusster Gestaltung. In der Wirtschaft entwickelt man ein feines Gespür für strategische Innenplanung und für die im jeweiligen Moment relevanten Faktoren der Psyche des Gegenübers. Ein solcher „Lehrgang" gibt diesen „relevanten Faktoren" allerdings selten eine Begründung, begnügt sich bestenfalls mit schemenhaften Chiffren. Die Hauptsache ist und bleibt routinierte Intuition – etwas so ganz und gar anderes als das, was hier in der Klinik praktiziert wird. Hier, wo selbst dem psychischen Abbild der Intensität des Harndrangs sprachlich aufs Genaueste nachgelebt werden muss.

Der Staatsanwalt hingegen hätte kaum ins Fernsehen gepasst, es sei denn als Witzfigur – zu sehr troff alles an diesem korpulenten Menschen. Troff danieder, troff unaufhörlich – obwohl der Herr bestimmt nicht inkontinent war. Vielleicht schwitzte er nicht einmal, und immerhin blieben die Augen trocken, den markanten blutunterlaufenen Tränensäcken zum Trotz; aber man wurde den Eindruck von etwas Überquellendem, etwas Feuchtnassem einfach nicht los. Dazu trug der dickhaarige, über die Mundwinkel hinuntergezogene graue Schnurrbart ebenso bei wie die buschigen, noch fast schwarzen Augenbrauen, letzte Spur ferner junger Tage, und der nicht minder borstige weiße Haarkranz, welcher in alle Richtungen abstand und dadurch oft sich selbst in die Quere kam. Der Magistrat hatte sich offensichtlich erst spät zu bewusstem funktionalem Auftreten durchgerungen – wohl deshalb brauchte er bei allen Temperaturen seinen schwarzen Anzug mit Weste und seine Goldrandbrille als unentbehrliches Requisit. Doch auch dieser Halt, diese feierliche Hülle half nicht viel, und zwar nicht etwa, weil sie eine Nummer zu eng war; vielmehr gerieten seine gezielten Einsätze allesamt motorisch so unrettbar schief, dass es wohl dem besten Schneider nicht gelungen wäre, sie in Eleganz umzudeuten. Zu gerne hätte ich laut herausgelacht – aber Verhöre und Verhörer sind nun mal eine furchtbar ernste Sache.

Die beiden blieben etliche Zeit bei mir und probten überaus gewissenhaft ihr Handwerk. Den Gütetest bestand es aber trotzdem bei Weitem nicht, blieb es doch die ganze Zeit über ununterbrochen als solches erkennbar. Von meinen Aussagen, falls ich überhaupt welche gemacht habe, weiß ich, wie gesagt, nichts mehr; allerdings erinnere ich mich noch, dass ich irgendwann plötzlich fragte, ob es hier die Todesstrafe noch gebe. „Nein, die haben wir schon vor über anderthalb Jahrhunderten abgeschafft", beschied der Untersuchungsrichter trocken. Dann glaubte ich einen Anflug von tonlosem Lächeln im Raum zu spüren. Als ich jedoch die beiden Herren anschaute, waren ihre Gesichter zwar weder ernst noch unernst, aber reglos.

Heute kommt mir diese Frage wie ein Herausplatzen

vor, wie ein unverhofftes Aufblitzen von etwas, das ich nicht – vielleicht noch nicht – benennen kann. Wirkliche Furcht, eine solche Strafe könnte auf mich angewendet werden, hatte ich bestimmt schon damals nicht. Aber noch hält sich hartnäckig eine Art Nebel – alles spielte sich ab wie in einem Film. Vielleicht ändert sich das, wenn ich den Streifen mit Hilfe all der Therapien, die meiner hier harren, noch ein paar Mal mehr durchsehe.

Eindeutigere Eindrücke hinterließ allerdings eine Begegnung am Spätnachmittag des zweiten Tages (oder war es schon der dritte?): Die junge Frau, die damals in die Zelle trat, gefiel mir nämlich auf Anhieb. Mittelgroßer, schlanker, aparter Typ; dichtes braunes Haar, etwas mehr als schulterlang, fast unmerklich gewellt; längliches Gesicht, große dunkelbraune Augen, darunter Andeutungen von verführerischen Grübchen in den Wangen; zierliche Hände, mit ein paar billigen Ringen an den schönen, langen Fingern; Waden, die dem kritischsten Strumpfwerberblick standgehalten hätten; zart hellbrauner, ebenmäßiger Teint, dem man knapp noch zutraute, dass er nicht elektrisch erzwungen war. Sie hatte ein elegantes, in verschiedenen Grautönen gemasertes Jackenkleid an, dessen weiter Rock die Knie knapp bedeckte. Unter der Jacke trug sie eine schlichte Bluse in einem gebrochenen Altrosa und an den Füßen hellbraune Halbschuhe mit mittelhohem Absatz.

Für diese Beschreibung habe ich einige Zeit gebraucht. Am Anfang fehlten mir schlicht und einfach passende Worte. Ein Direktor hat nicht so daherzureden; er muss führen, entscheiden und in großen Zügen die Strategie festlegen – den Rest erledigen Fachleute, in diesem Fall die PR-Abteilung. Und Geschriebenes beurteilen können heißt noch lange nicht selber schreiben können. Aber wenn ich über diese Begegnung schreiben soll, so *muss* ich mit Yvonnes Erscheinung beginnen; denn sie war es, die mich sofort und am nachhaltigsten beeindruckte. Vielleicht stimmen die Farben nicht so genau, aber das macht nichts; jedenfalls schien mir, dass die Frau für den Anstrich der distinguierten Dame, den sie sich zu geben versuchte, noch eine Spur zu jung war. Dass sie sich geschminkt hatte, zwar nicht ungeschickt, aber ohne ihren doch von Natur aus schon überaus reizvollen Zügen etwas zuliebe zu tun, störte mich ziemlich, machte aber ungewollt klar, wie sehr sie selber das Gefühl hatte, an einer Schwelle zu stehen. Und vielleicht war es diese Mischung zwischen Aufbruch und Verzagen, vielleicht aber auch die melodiöse, tiefe Altstimme, die für mich aus einem jungen attraktiven Mädchen von vielen sofort eine bestimmte Persönlichkeit machte.

Dass sie Yvonne Z. heißt, weiß ich jetzt; dass sie die Schwester des Opfers sei, erzählte sie mir schon damals, fast unter Tränen. Höflich, aber bestimmt forderte sie mich dann auf, an Peter Z.s Beerdigung teilzunehmen, die anderntags stattfinden sollte, mit den Verantwortlichen des Gefängnisses sei alles bereits geregelt. Ich hörte mich zusagen, sogar „mit Vergnügen" soll ich gesagt haben. Dann warf sie jenen Blick auf meinen übervollen Aschenbecher, den der Raucher unwillkürlich als vorwurfsvoll empfindet – und war auch schon wieder verschwunden.

− 2 −

Ich weiß, ich hätte während und nach dieser Begegnung zumindest erstaunt sein müssen oder überrascht, am besten zutiefst betroffen. Der Psychiater, dem ich diese Geschichte in groben Zügen wiedererzählte, quittierte sie zwar mit der üblichen maßvollen Ruhe, aber irgendwie hatte ich doch den Eindruck, dass er meine dabei an den Tag gelegte Haltung nicht guthieß. Es ist eigenartig, wenn du die Leute nicht siehst, während du mit ihnen sprichst; hinter der kleinsten atmosphärischen Unebenheit witterst du ein ganzes Panorama von inneren Entgegnungen. Du schweigst dich über diese Vermutungen natürlich aus, einerseits aus Angst, dass dir auch diese Wahrnehmung noch zersetzt würde, andererseits ganz einfach, weil du fürchtest dich zu blamieren. Man fragt dich zwar viel über Gefühle, das schon, aber du weißt nie, ob du irgendeinem versteckten Anspruch zu genügen hast. Andererseits bäumt sich alles in dir dagegen auf, dass das so hemmungslos geschehen kann − dass die geringsten Regungen eines anderen dir zu dessen Ansprüchen werden. Zu leicht wirst du zum Opfer. Käme es dir aber in den Sinn, diesem anderen entsprechende Vorwürfe zu machen, so wäre bestimmt nichts von alledem wahr und an der Entwirrung jenes inneren Knäuels, für dessen Existenz derartige Empfindungen ein Indiz mehr seien, arbeite man ja gerade gemeinsam. Trotzdem werde ich eine solche Avance einmal wagen – aber erst wenn ich etwas weiter bin. Ich kann dann hoffentlich über all das auch so reden, wie es sich gehört.

Vorerst aber bleibt mir nichts anderes übrig, als alles etwa so zu erzählen, wie es auch der Psychiater im Moment zu lesen bekommen hätte – aber wir verkehren ja nicht schriftlich miteinander. Lügen will ich nicht, nur um besser dazustehen. Dafür gibt es bessere Anwendungsbereiche als Erlebnisberichte aus hochmodernen psychiatrischen Anstalten.

Also: Gegen drei Uhr nachmittags, etwa am dritten Tag meiner Untersuchungshaft, kam man mich holen. Man, das waren zwei Polizisten in Zivil. Mir war bereits am Tag zuvor jener Teil meines Gepäcks zurückgegeben worden, den man für die Untersuchung nicht brauchte, darunter auch der dunkle Anzug, die dazu passende Krawatte samt goldener Nadel, die dunklen Lackschuhe und ein weißes Hemd. Man konnte uns also in der Straße für nichts weiter als ein kleines Grüppchen elegant gekleideter Herren halten, das, etwas schweigsam zwar, zu irgendeiner Verabredung unterwegs ist. Allerdings hielten wir uns nicht lange auf der Straße auf, denn die dunkle Limousine stand nur wenige Meter vom Ausgang des Gebäudes entfernt. Man nahm mich auf der Hinterbank in die Mitte, ein dritter Beamter fuhr. Wir glitten gut zwanzig Minuten durch mir unbekannte Gegenden – was nicht viel heißen will, denn als Mitverantwortlichem einer international tätigen Firma sind einem fast alle Weltgegenden unbekannt, außer man bereist sie per Zufall in den Ferien. Bekannt sind einem einzig eine Handvoll Büros, Konferenzräume, Gast- und Vergnügungsstätten, wo einen stets Bedienstete hinkarren.

Selbstverständlich kannte ich die Kirche, vor der wir nun hielten, erst recht nicht. Die letzten Trauernden, wie sich später herausstellte, die Trauerfamilie selbst, gingen gerade durch den noch aufgeschlagenen rechten Portalflügel.

Wir stiegen aus und der Fahrer parkte etwas abseits. An sich lief alles in sehr vertrauten Bahnen ab. Einzig, dass wir zu dritt auf der Fondbank gesessen hatten, war etwas ungewohnt. Wir waren die Letzten, die das Gotteshaus, offensichtlich keine katholische Kirche, betraten, unter noch immer düsterem Brausen der Orgel. Wir setzten uns in die Mitte, etwas abseits der Trauergemeinde, welche nur ein gutes Drittel der Kirche füllte. Die Zeremonie begann, und ich kann darüber nicht viel mehr sagen, als dass sie mich unwillkürlich an die Abdankung für meinen Vater erinnerte, der Anfang dieses Jahres gestorben ist. Damals war man aber, zusammen mit der Mutter, das Zentrum der Leidgeprüften gewesen, Zentrum eines Grüppchens, zu dem sonst nur noch eine Handvoll weiterer Verwandter gehörten, meist Leute, die ich schon ewig nicht mehr gesehen und deshalb kaum wiedererkannt hatte. Die Todesart meines Vorfahren war im Übrigen alles andere als originell: Herzstillstand nach fortgeschrittenem Lungenkrebs, dessen Metastasen längst im ganzen Körper ihr Unwesen getrieben hatten. Mein Vater hat ja wirklich geraucht für zwei (und sein Sohn ist auf dem besten Weg, auch darin seinen Fußstapfen ergebenst zu folgen).

Bei uns spielte am Anfang, nachdem die Glocken ausgeklungen waren, keine Orgel, glaube ich. Der Pfarrer kam einfach zu uns und drückte uns – auch wir waren zuletzt eingetreten und durch die Spalier stehenden Trauergäste zu unseren Frontplätzen gegangen – die Hand. Dann fing er sogleich zu reden an. Die Kirche allerdings war voll; schließlich hatten auch unzählige Firmen sich verpflichtet gefühlt, ihrerseits eine Todesanzeige in die Zeitung zu setzen und Abordnungen zu schicken. Eine Großbank hat viele Kunden und solche Rituale regierten immer schon eherne Gesetze. Aber auch von dieser Feier blieb mir nicht, was der Pfarrer gesagt hatte oder die Musik (man hatte, glaube ich, einen Sänger engagiert) oder gar der Schmuck der Kirche (die bestimmt von Kränzen und Arrangements überquoll), sondern einzig und allein das Gesicht meiner Mutter. Es schien in seiner Trauer nicht etwa gealtert, sondern vielmehr verjüngt. Es strahlte eine Anmut aus, wie ich sie an dieser Frau, die es ganz besonders mit mir nicht immer leicht gehabt hatte, noch nie gesehen hatte. Die Tränen flossen natürlich und nicht auf Geheiß; nie war mir eine Regung von ihr so rein erschienen wie diese Trauer.

Dabei konnte ich nicht recht verstehen, worum sie denn so aufrichtig trauerte und was diese Aufrichtigkeit möglich gemacht hatte; war doch die Beziehung zu ihrem Mann, zumindest von außen gesehen, ziemlich typisch verlaufen für eine Ehe mit einem Karrieristen. Man hatte immer mehr nebeneinanderher als mit- und füreinander gelebt, einander immer weniger gesehen und wohl auch verstanden; der Lungenkrebs war eigentlich nur eine der ja recht geläufigen letzten, oft tödlichen Konsequenzen bei solch wechselseitigen Spiegelungen von beruflichem Werdegang und persönlicher Entwicklung – andere suchen Herzattacken oder Kreislaufkollapse heim –, und meine Mutter, eine auch heute noch hübsche Frau, hatte – und hat – durchaus nicht für alle außerehelichen Verehrer taube Ohren und Augen. Es scheint, dass die Krankheit für einmal Wunder gewirkt, das Geschwür Wunden geheilt hat, die sich längst schon häuslich eingerichtet hatten. Ja, es scheint, als ob einiges von der Liebe, die die beiden einst verbunden hatte, nicht nur wieder auferstanden, sondern in jenen Tagen des Leidens, des Abschiednehmens überhaupt erst richtig gekeimt sei. Innert Tagen, ja Stunden musste möglich geworden sein, was vorher Jahre nicht zuwege gebracht hatten – ein Phänomen, wie es uns von anderen Extremsituationen her, wenigstens aus Filmen, ja nicht unbekannt ist. Dass ihre Tränen mehr als wettmachten, was bei ihrem Sohne nicht floss, konnte diesem nur recht sein. Überdeckt, ja streckenweise buchstäblich eingefroren wurden all diese Empfindungen von der Kälte, die trotz der vielen Leute in der Kirche herrschte. Draußen war es eisig, zudem pfiff ein giftiger Wind. Schlotternd trauert sich's schlecht.

Neben den mannigfachen formellen Pflichten, die mir meine Rolle als einziger Spross des Hauses auferlegte, bot mir das Wind und Weh meiner Mutter die diesmal willkommene Gelegenheit, mich als Tröster und fürsorgliches Kind zu profilieren. Damit zu tun hat vielleicht auch, dass ich, als ich die unzähligen Hände der Kondolierenden drückte, mir schwor, das Rauchen nun endlich doch zu lassen – ein Schwur, der knapp bis zum Leichenmahl vorhielt.

Über die Temperatur konnte man bei der jetzigen Trauerfeier nicht klagen: Draußen herrschte warmes Frühlingswetter, von dem auch die große, dunkle Kirche etwas abbekommen hatte. Der Kranzschmuck war auch hier reichhaltig. Allerdings waren ein paar junge Leute mehr da als sonst, wohl Freunde des Verstorbenen, vielleicht seine Schulklasse. Seine Schwester trug diesmal Schwarz, ein elegantes Kostüm mit knielangem, schmalem Rock und Pumps, nur die schlichte, klassische Bluse war blütenweiß – Garderobe, wie sie sich für eine so nahestehende Trauernde eigentlich schon für den Gefängnisbesuch geziemt hätte. Auch die Eltern waren, ihren Haarschöpfen nach zu urteilen (beide brünett übrigens), noch ziemlich jung, in den Vierzigern höchstens. Selbst der Pfarrer hatte seine Ordinierung bestimmt noch nicht lange hinter sich, doch das merkte man kaum; die Art, wie er sprach, nahm manches Dienstjahr vorweg. Geweint wurde begreiflicherweise viel, gesungen auch zwei-, drei Mal.

Jetzt, da ich dies schreibe, fällt mir ein: Eine der wenigen Ferienreisen, die ich mit Elena gemeinsam unternommen habe, führte ebenfalls zu Gräbern, in ein Land, wo Leben und Tod so schroff voneinander getrennt sind und gerade deshalb so nahe beisammenliegen, wie ich es sonst noch nirgendwo erlebt habe – nach Ägypten.

Ein messerscharfes Band trennt die fruchtbaren Streifen beidseits des Nils von der endlosen Ewigkeit der Wüste. Träge fließende, gewaltige Wassermassen inmitten der wie aus dem Himmel gemeißelten Kahlheit der welligen Wüstenhügel und Mulden. Der Westen gehört den Toten – so wussten es jene, deren Mumien wir heute besichtigen. Und niemand wird wohl hier auf die Idee gekommen sein, die Toten litten unter zu geringen Temperaturen; als wir dort waren – im Oktober –, war es jedenfalls westlich wie östlich des Nils noch brütend heiß. Ströme von Touristen ergossen sich in alle Richtungen in die Gruften und Tempel und endeten alle beim Getränkestand. Tausende und Abertausende von Verschlüssen haschten pausenlos nach hundertstelsekundenschnellen Bildern von den seit Jahrtausenden in den tiefblauen Himmel gestanzten Säulen, Quadern, Reliefs und Ikonen. Eigentlich ein unheimliches Bild, das wohl keine noch so unzeitgemäße Phantasie eines ägyptischen Gottes je vorweggenommen hatte.

Elena steht den andern in nichts nach, knipst munter drauflos und ist bald nicht mehr zu finden. Ich steige einem orangefarbigen Fähnchen nach in eine Gruft hinab, gebe mir enorm Mühe, nicht zu straucheln, als stünde mein Leben auf dem Spiel. Bald werde ich vom Dunkel und einer etwas dumpfen, sonst aber angenehmen Kühle verschluckt und sofort mit der Taschenlampe auf einige Reliefs und Wandmalereien aufmerksam gemacht, die unsere moderne Zeit noch für ein paar weitere Jahre zu retten versucht, indem sie das Fotografieren hier strengstens untersagt. Endlich gelangt man zu einer dunklen, durch Glas geschützten Gestalt: der Mumie. Drängelnd staunt man massenweise. Alleine wäre einem wahrscheinlich schon etwas ungemütlich und gehörig voyeuristisch zumute, doch darüber nachzudenken hat man jetzt keine Zeit; der Trott der ebenso endlosen wie internationalen Schar treibt einen weiter, wieder hinauf, und wieder muss man auf nichts so aufpassen, wie nicht zu straucheln. Dann blendet einen die Weite der muschelförmigen Mulde, deren Sandbraun für Augenblicke fast zu einem Weiß erbleicht ist; man besucht noch den Tempel, die Grabstätte von Hatschepsut, der einzigen regierenden ägyptischen Kaiserin, trifft Elena, die begeistert rapportiert, was man vom eigenen Führer auch schon gehört hat, trinkt beim Getränkestand den Schweiß wieder zurück, den einen der jahrtausendealte Tod gekostet hat – weitgehend ein Vorwand natürlich, denn bei dieser trockenen Hitze fließt Bier (ja, Bier, auch in diesem islamischen Land) oder Coca-Cola viel leichter in Strömen als Schweiß. Man kramt in Taschen, stolpert in heruntergekühlte Busse, hört wieder von Carter, nicht dem amerikanischen Expräsidenten, nein, einem Herrn des Vornamens Howard oder ähnlich, der hier in der Nekropole von Theben bahnbrechende Ausgrabungen geleitet und damit wenigstens der statistischen und kalkulatorischen Größe „Fremdenverkehr" des mittlerweile in Touristen ertrinkenden ägyptischen Staates auf die Beine geholfen hat. So plötzlich, wie man es verlassen hat, fährt man wieder ein ins keimende, sprießende, gedeihende Grün, ein bedrohtes Grün, fehlt ihm doch der Schlamm der Nilschwemmen, die dem Assuan-Staudamm und damit dem Emblem der Moderne, der Elektrizität, zum Opfer gefallen sind. Elena schießt noch ein paar Fotos, schläft dann ein, lehnt sich an mich, ich lege den Arm um sie, mustere die junge dunkelhäutige Frau, ein Mädchen fast wieder, so gelöst, wie sie daliegt mit ihrem breitkrempigen Hut, dessen eine Seite mir auf der Schulter aufsteht – und danke den Toten und Carter in einem, dass sie mir meine Geliebte für ein paar Minuten in solch argloser Schmiegsamkeit zurückgegeben haben.

Diese Ferien mit Elena – das sind wohl meine bisher schönsten Ferien überhaupt gewesen. In einem Land, das nur deshalb so massenhaft Zuspruch findet, weil der Tod Marktwert bekommen hat, weil Königs- und Gottesfurcht zu Schönheit wurde, weil der Zahn der Zeit wegen des trockenen Wetters stumpfer, der Stein widerstandsfähiger ist als anderswo. In diesen Ferien haben wir, glaube ich, Patrick, unseren Sohn, gezeugt und damit der Zeugungsfreudigkeit rundum ganz von selbst nachgelebt. Beide waren wir ja noch jung damals. Das muss während der ersten rasanten Expansionsphase unserer Firma gewesen sein. Elena hatte in einem der vielen bunten Kataloge, die stets ins Haus flattern, dieses verlockende Angebot gesehen und, kurz entschlossen, wie sie ist, gleich zugepackt. Es lebe der Strom inmitten der Wüste – auch mit Elektrizität und Bilharziose!

Und aus dieser gleißenden, archaischen Weite soll ich nun wieder zurück in die zwar majestätische, aber lastende und leicht unheimliche Düsternis einer zu großen Kirche, in die ich durch doch schon sehr sonderbare Umstände geraten bin? –

Deutlich erinnere ich mich nur noch an das Ende der Abdankung. Völlig unerwartet brach es über mich herein. Man trottete hinaus; wieder gehörten wir zu den Letzten. Man kondolierte. Die Eltern erwiesen sich auch von vorne gesehen als noch ziemlich jung.

Dann geschah das, was nachher in den Zeitungen weidlich als Skandal ausgeschlachtet wurde (woher *die* wohl wieder Wind von meiner Teilnahme an dieser Beerdigung bekommen hatten?!): Plötzlich flog mir die Schwester des Toten um den Hals und küsste mich auf eine Art, wie man auf keinen Fall bei solchen Anlässen küssen darf – erst recht nicht einen, den man bezichtigt, für den gewaltsamen Tod eines jungen Menschen, des eigenen Bruders, und damit für *diesen* Anlass verantwortlich zu sein. Ich hatte sie zuvor vergeblich bei ihren Angehörigen gesucht und erschrak nun, wie ich schon lange nicht mehr erschrocken bin. Ich kam erst wieder zu mir, als meine Begleiter mich forsch Richtung Auto fortzogen. Wohl hätte sie uns zum Trauermahl einladen wollen, meine Eskorte habe aber ebenso freundlich dankend wie entschieden abgelehnt, erzählte Yvonne mir später.

In rascher Fahrt ging's zurück ins Gefängnis. Dort wurde ich eiligst in die Zelle bugsiert – wohl der Überstunden wegen, die man bereits schob. Dann ließ man mich zum Glück einige Zeit in Frieden und zum ersten Mal seit meiner Einlieferung war ich richtig froh darüber.

So, das wär's. Nicht gerade ein Text, den man als Arbeitsrapport weiterverwerten könnte, zugegeben. Ebenfalls nicht einer, der dem Psychiater knapp mein damaliges Erleben schildert. Ich habe denn auch mit dem Gedanken gespielt, die ganze Ägyptengeschichte wieder herauszustreichen – doch ich mag sie. Wie eine Insel inmitten launischer See liegt sie da, ebenso solide und ebenso verletzlich.

Und wer weiß, für wen ich diese Notizen niederschreibe. Wahrscheinlich für niemand als für mich selbst, und auch für mich nicht um des Resultates willen, das ich kaum je wiederlesen werde. Der Weg ist das Ziel: Ich schreibe. Falls diese Zeilen doch einmal einer von der medizinischen Zunft in die Hände bekommen sollte, so ist dies nicht weiter schlimm: Psychiater haben ja Freude an assoziativen Sprüngen. Sie sind ihnen Salz in der Suppe, Buchstaben der Seel' – Hieroglyphen vielleicht. Aber gerade wenn sie sie nicht sogleich entziffern können, schmeckt ihnen die Würze erst so richtig verführerisch. Zwar habe ich auf der Couch wohl kaum die gleichen Kürzel für mein Innenleben gebildet wie nun hier schriftlich, obwohl ich mich auch dort ungeheuer angestrengt habe; irgendwie schien mir die Episode wichtig. Oft setzte ich mehrmals an, kam ins Stottern, versuchte mein Glück wieder auf einem andern

Pfad. Bis heute verstehe ich allerdings nicht so recht, worin, abgesehen von den äußeren Daten, dieses mündliche Glück denn überhaupt hätte bestehen sollen.

Natürlich weiß ich, das sagte ich schon, was man von mir erwartete und erwartet. Ich kenne jenen Druck, der zum Ziel hat, meine Geschichte, meine Empfindungen vor allem, so einzurunden, dass mein Fall in eines der Register-fächer gängigen Moralempfindens eingepasst werden kann. Vor allem die Presse drängt darauf. Auch vor Gericht hat der Staatsanwalt völlig folgerichtig versucht, die Aussa-gen, welche ich gegenüber meinem Gefängnispsychiater machte, als völliges Ausbleiben von Reue hinzustellen. Das ist nicht wahr, es ist kein Ausbleiben von Reue. Bestenfalls ist es ein Ausbleiben von Heuchelei. Allerdings erwarte ich nicht, dass man mich dafür belohnt.

– 3 –

Kindheitserinnerungen stehen hoch im Kurs hier. Meine Therapeuten (sie wechseln sich neuerdings ab) führen mich mit ihren Fragen immer und immer wieder in meine ersten Jahre zurück. Besonders daran, dass ich Einzelkind war, haben sie sich festgebissen. Ein typisches ödipales Dreiecksverhältnis natürlich – welches immerhin dadurch gemildert wird, dass mein „Konkurrent", der Vater, fast nie da war. Zwar war auch meine Mutter häufig nicht da und vielleicht verwirrte den kleinen Hans nicht wenig, dass oft Hilfe, Schutz und Geborgenheit von der Frau, welche er als seine Mutter wusste, nicht zu bekommen waren. Ob der Vater dem kleinen Wicht zuliebe auf einiges verzichtet und die eine oder andere Regung unterdrückt hat, weiß ich nicht. Doch darum kann es jetzt nur noch insofern gehen, als seine Gemütslage auf die Stimmung in der Familie und damit auf mich eingewirkt hat, denn er selbst ist ja tot. Die Fragen über ihn reißen aber nicht ab. Vater-Imago, so ein immer wieder auf dem Vorbeiweg angetippter, gerade deshalb gleichsam zuschnappender Begriff.

Eine einschlägige Erinnerung, die gerade deshalb nicht übel klingt, weil der Grundsachverhalt bekannt ist und sie sich daher leicht einreihen lässt, kann ich immerhin anbringen: Einmal nämlich schlug Vater Mutter in meiner Gegenwart. Allerdings erschraken dann beide gleichermaßen äußerst heftig, als sie merkten, dass ich bei ihnen und nicht im Bett war. Ich hatte wahrscheinlich Durst gehabt und war auf dem Weg zur Küche gewesen, als ich sie durch die halb offene Wohnzimmertür ertappte. Der Fernseher lief, Stimmengewirr also schon von dort her, und zwei der Ledersessel waren nebeneinandergerückt. Ein paar harte Worte mussten zuvor gefallen sein; jedenfalls höre ich noch ganz genau die Stimme des Vaters, wie sie sich von der Geräuschkulisse des Fernsehers auf eine Art abhob, die ich bisher nicht kannte – sie hatte etwas vom Brüllen eines wunden, wilden Tieres. Der Schlag geschah so blitzschnell und überraschend, dass mir nur noch das Aufklatschen, wahrscheinlich auf die Wange, im Gedächtnis geblieben ist. Auch meine Mutter schien nicht mit einem solchen Ausbruch gerechnet zu haben; jedenfalls schluchzte sie erst ein paar Augenblicke später. Ein, zwei Schluchzer, dann war alles vorbei – das heißt, dann entdeckten sie wohl mich. Mutter, etwas blasser als sonst, aber im Übrigen beherrscht, fragte nur: „Ist dir nicht gut?" Vater klopfte mir besänftigend, allerdings mit zitternder Hand, wie ich mich heute zu erinnern glaube, auf den Rücken und verließ dann sofort das Zimmer. Mutter schloss mich daraufhin in die Arme und erst dann begann *ich* zu weinen (wann habe ich wohl seither das letzte Mal geweint?!). Jetzt erst, da ich schreibe, nicht schon, als ich neulich in der Gruppe davon erzählte, kommt in mir jene Wonne, ja Wollust wieder hoch, mit der ich meine Tränen damals in der mütterlichen Umarmung loswurde. Der Durst war natürlich längst vergessen. Die Mutter hob mich auf, brachte mich wieder ins Bett und gab mir dort nochmals einen Gutenachtkuss, auf die Stirn – ich spüre ihn heute noch.

Doch damit bin ich bereits wieder bei der Geschlagenen, nicht mehr beim Schläger. Über die Frauen kann ich einfach besser Auskunft geben – besonders in der Therapiegruppe. Vielleicht liegt das schlicht daran, dass sie auch dort überwiegen. Wir sind ein eigenartiger Klub hier. Alle stammen wir zwar aus besseren Verhältnissen und alle sind wir des Anlasses wegen auf zweckoptimierte Offenheit verpflichtet, aber dennoch herrscht zwischen uns eine eigenartige Fremdheit. Wir hören uns zu und hören doch nicht hin. Ich wenigstens beobachte eher: Da ist die gealterte Blondine mit Perücke und inbrünstigem Blick, wenn ihr etwas auf- oder einleuchtet; da ist Pedro, der blasse, schwarzhaarige Lateinamerikaner mit Spitzbart und nicht minder spitzem Schnurrbart, der mit fast chronometrischer Regelmäßigkeit aufmerkt, ab und zu, meist im falschen Moment, dann mit hauchdünner, aber sonorer tiefer Stimme irgendetwas sagt; da ist jenes Flower-Power-Mädchen, das genauso in die Jahre gekommen ist wie ihre Blumen und sich fast über Nacht und „völlig überrascht", wie sie immer wieder mit umwölktem Blick zu Protokoll gibt, als Gattin eines schwerreichen Industriellen wiedergefunden hat. Am Anfang scheint sie sich zwar ganz gut in ihre neue Rolle eingelebt zu haben, doch jetzt klappt's nicht mehr so ganz – wie und warum habe ich noch immer nicht begriffen; da ist noch das ältere Paar, gewaltige Formate beide, Amerikaner, die den psychischen Hintergründen ihrer Fettsucht nicht zuletzt ihres Kreislaufs wegen nachspüren; da ist endlich unsere Gruppenleiterin, eine junge, hübsche Frau, aber eigenartigerweise für mich ohne jeglichen erotischen Reiz. Sind es ihre Bewegungen, ist es ihre flache hohe Stimme, ihre etwas näselnde Aussprache oder ist es ihre absolut sachliche, fast zu routiniert-überlegene Präsenz, was sie zu einer un- oder übersinnlich schwebenden Autorität im halbdunklen Raum macht, sozusagen nur noch pro forma mit den Attributen ihrer Weiblichkeit bestückt? Oder sind es gar die Übungen? Ist es etwa jener ominöse leere Holzstuhl, der unsere Väter, Mütter, Ehegatten, Freunde, Kinder durch vier sattbraune Beine und eine dunkelgrau stoffgepolsterte Sitzfläche und Lehne zu markieren hat, oder die Übung des „Einatmens von Farben", was einer Gruppe, die sonst leicht als Vereinsvorstand oder als etwas lahme, aber nette Tischrunde einstiger Weggefährten durchgehen könnte, diese eigenartige verkapselte Gemeinsamkeit gibt?

Einen zweiten Stuhl gibt es auch in meinem Zimmer. Farben ebenfalls, zwar nicht in Hülle und Fülle, aber genug. Und ich beatme und der Stuhl markiert. Oder ich schaue übungshalber tatsächlich für eine Weile in den Spiegel, wie Frau Berkowsky es uns als Hausaufgabe aufgetragen hat. Dort sehe ich ein erstaunlich braunes, leicht eingefallenes, aber noch immer rundliches Gesicht, mit dunkelbraunem Schnurrbart unter der reichlich langen Nase und grünbraunen Katzenaugen, die eine Idee zu tief in ihren Höhlen sitzen, sehe noch recht dichtes kastanienbraunes, an den Schläfen jedoch bereits leicht ergrautes, welliges Haar, das wieder mal geschnitten gehörte. Dass dies mein Gesicht ist, weiß ich zwar, aber es ist ein kaum fühlbares, höchstens ein wenig beschämendes Wissen. Zieht man dieses Wissen ab, so ist es nicht mehr weit zur Verwirrung des Hundes, der sein Ebenbild im Wasser anbellt.

Doch dann geschieht etwas Eigenartiges: Auf einmal sehe ich den Blick, der dieses Gesicht anstarrt, aber ich sehe ihn ja aus diesem selben Gesicht; es wirft ihn mir seitenverkehrt und gerade deshalb richtig zurück. Es schaut mit jenem Blick, mit welchem ich es anschaue, zurück in mich hinein, und das überrascht mich so nachhaltig, dass sich das Gesicht nicht minder überrascht in meine Überraschung hineinwundert. Ich könnte mich ja abwenden, aber ich bleibe wie hypnotisiert stehen, bliebe wohl noch lange so – so wie gelähmt, doch auf die Dauer gibt das Kopfschmerzen. Irgendwann muss mir ein rettender innerer Ruck aus dieser peinlichen Zwangslage helfen. Und er hilft, hat bis jetzt immer geholfen. Mehrmals ist mir das hier schon passiert. Was diese gewaltigen Mengen von Zeit alles bewirken! Nie hätte mir doch früher der Spiegel anderes gezeigt, als ob die Augen unterlaufen sind oder ob da noch Bartstoppeln wegmüssen. Höchstens vielleicht damals im Spiegelkabinett, aber da ging es um Verformungen – nicht um sich selbst spiegelnde Blicke.

Endlich finde ich eine Lösung – erst noch eine bequeme –, die alle drei Therapierequisiten für meine Zwecke kombiniert, wenigstens im Moment. Es drängt mich nämlich wirklich, die Geschichte meiner Jugend zu erzählen. Einigermaßen zusammenhängend diesmal, nicht so in Schnipseln und Bruchstücken wie in den Sitzungen, wo Abschweifen ja Pflicht ist. Irgendwie drängt es mich auch, die Geschichte jemand zu erzählen, aber er darf nicht dreinreden, doch die bloße Aussicht, dass einer – oder eine – vielleicht einmal diese Zeilen liest, ist mir bei Weitem zu abstrakt und zu fern. Der Stuhl reicht mir anderseits wieder nicht und der Spiegel belauert mich zu sehr und hängt überdies im Bad. Also öffne ich das Fenster, es ist ja heiß und schönes Wetter, und habe damit gleich drei Fliegen auf einen Schlag: Im

Hintergrund, angelehnt an die blütenweiße Wand, steht der Stuhl, ein Strauß leuchtender Sonnenblumen davor, den ich selbst gepflückt habe, dann folgt die Scheibe, die mich, da ich die Fensteröffnung zu meiner Linken habe, gedämpft und ungefährlich widerspiegelt, mit etwas Grün und einer kleinen Kostprobe der zackigen Hügel jenseits des Tales im Hintergrund. Das Grün ist zwar nicht das zarte, jungfräuliche des Frühlings, wie es das Thema verlangen würde, sondern ein herbes Hochsommergrün, welches schon ein wenig ins Braun hinüberfällt (es hat schon Wochen nicht geregnet hier), aber als farbliche Grundlage für Gedankensprünge ein paar Jahrzehnte zurück tut es seinen Dienst noch allemal.

Also: Mein Vater stammte aus einfachen, aber soliden ländlichen Verhältnissen. Die Familie meiner Großeltern war, wie damals häufig, zahlreich, was das stattliche hölzerne Bauernhaus, das ich noch kennenlernte, wohl oft zu einem ziemlich nervenzerreibenden Ameisenhaufen hatte werden lassen; nichts von der majestätischen Reserviertheit, die es für mich als Kind hatte. Jedenfalls war von vornherein klar, dass nicht alle Söhne auf dem Hof bleiben konnten, und da es in jenen Gegenden Brauch war, dass der zunächst dem Ältesten angetragen würde, war ebenso klar, dass mein Vater, der das zweitjüngste von neun Kindern – vier Mädchen und fünf Knaben – war, sich anderswo Arbeit suchen oder einen anderen Beruf erlernen musste. Da er gut rechnen konnte – schon als Dreikäsehoch hatte er die Milch- und Getreideauslieferungen des Vaters überwacht und notiert – und überdies so gute Noten hatte, dass er prüfungsfrei in die Sekundarschule kam, beschloss man für ihn eine kaufmännische Laufbahn – von der man sonst nicht viel mehr wusste, als dass sie in Büros stattfand. In der nahen Bezirkshauptstadt zeigte sich ein mittelgroßer Betrieb der Textilbranche bereit, den jungen „gescheiten Bauernlümmel" aufzunehmen. Er war dort einer von acht Lehrlingen und musste bald lernen, dass die elterliche und geschwisterliche durchaus nicht der „Sklavenhaltungen" allerschlimmste war. Auch als „gescheiter Bauernlümmel" war man als Erstlehrjahrstift ein Wurm, ein Grünschnabel, kurz: ein kümmerliches Nichts, das froh sein konnte, wenn es überhaupt geduldet wurde. Und Bürokehren und Papier und Schreibmaterial besorgen sowie Botengänge aller Art hatten mit rechnerischer Begabung nicht eben viel zu tun. Allerdings konnte man während der Woche bei einer Tante, einer Schwester von Großmutter, wohnen, und die kümmerte sich nicht gar zu aufmerksam um den Neffen, wenn dieser nur ordentlich war und vor allem daherkam. Dadurch war die kärgliche Freizeit wirklich freie Zeit, was für den jungen Bauern denn doch erfrischend neu war. Deshalb wurden ihm die Wochenenden zu Hause, wo er häufig mit zupacken musste, je länger, je mehr zur mühsamen Pflicht, ja zur Qual. Man spürte dies ziemlich rasch und reagierte darauf mit der geläufigen Befürchtung, der Bub verkomme dort in der Stadt.

Doch Hans sen. bewährte sich. Aus dem ersten Lehrjahr wurde das zweite, aus dem zweiten das dritte, und „der Müller" fiel nicht unangenehm auf, was wohl unter anderem bedeutete, dass die Jüngeren unter ihm genauso zu leiden hatten wie er vorher unter seinen Oberstiften. Die Berufswahl, die keine gewesen war, erwies sich als richtig, ja der Bauernsohn war so tüchtig, dass ihn der Chef nach der Lehre weiter in seinem Betrieb behielt. Sein

Einkommen, das den Lebensunterhalt gut deckte, erlaubte ihm, sich ein Zimmer zu mieten, kaum war er volljährig. Vorher wollte der Vater jenen Sprössling, der sein erfolgreichster zu werden versprach, koste es, was es wolle, unter seinen Fittichen wissen. Eine Illusion selbstverständlich, doch wirklich zum Krach kam es erst an jenem Tage, als mein Vater verkündete, er wolle nun vollends in die Stadt ziehen. Den väterlichen Drohungen begegnete er mit dem Hinweis, er könne ja voll und ganz für sich selbst sorgen; von zu Hause begehre er eigentlich nichts weiter, als dass man ihn in Ruhe lasse. Das hörte nicht nur sein Vater nicht gern. In einer Hinsicht zumindest hatten „die zu Hause" Recht bekommen mit ihren düsteren Ahnungen von der Verkommenheit der Stadt: Hans rauchte, und offenbar nicht erst seit gestern.

Doch in einer ganz anderen Hinsicht zeigte sich „die Stadt" von ihrer besten Seite: Nach einigen harmlosen Flirts an Tanzabenden oder bei geselligen Anlässen verliebte sich der Abtrünnige bald ernsthaft – und günstig. Die Auserwählte war nämlich niemand Geringeres als eine der beiden Töchter des Bürgermeisters. Von Haus aus hatte der zwar „nur" eine Metzgerei, aber da er in allen Vereinen und Gesellschaften und überdies in der richtigen Partei in führender Stellung mit dabei war, war er ein Mann mit gewichtigen Beziehungen auf allen Ebenen, ohne den eigentlich nicht viel ging im Distrikt. Nachdem die Probezeit mit seiner Tochter vorteilhaft verlaufen und die Liebe damit zur Verlobung geworden war, taten sich die ersten entscheidenden Türen für meinen Vater durch diesen Mann wie von selbst auf. Durch ihn fand er zu einer Bank, durch ihn wurde er bald befördert. Den Schritt in jene Stadt, wo ich das Licht der Welt erblickt habe, und dort Sprosse um Sprosse die Leiter hinauf, wird er dann wohl selbstständig geschafft haben.

Damit komme ich zur Geschichte meiner Mutter. Vielleicht gerade weil hauptsächlich sie jene des Vaters geliefert hat, weiß ich über ihre eigenen Daten wenig Bescheid. Dafür kenne ich ihr familiäres Milieu einiges besser aus eigener Erfahrung als das väterliche; diese Großeltern besuchten wir viel häufiger. Die Besuche bei den Eltern des Vaters glichen immer einer von langer Hand geplanten und gut einstudierten offiziellen Festivität, der ich meist in einen der vielen Winkel des so anders, so verheißungsvoll und unheimlich zugleich duftenden und tönenden Holzhauses entfloh. Das unterschied übrigens beide Elternhäuser meiner Eltern von meinem eigenen; beide beherbergten eine ganze Schar von Gerüchen und Geräuschen. Man kann gleichsam die Bilder für einen Moment ausblenden und bringt trotzdem eine verbindliche Erinnerung anhand des Klimperns, Schepperns, Zischens, Gleitens, Knarrens, Ächzens, Stöhnens, Schnurrens, Schabens oder des Stinkens und Duftens von scharf über muffig bis frisch, würzig, ja verführerisch süß zusammen, je nach Speisekarte und Jahreszeit. Natürlich riecht und klingt ein dreigeschossiges Steinhaus mit weit auskragendem Satteldach in der Art, wie sie in jener bergigen Gegend oft von besser gestellten Familien bewohnt werden, anders als ein hölzernes Bauernhaus; aber gerade dadurch wurde der Gegensatz zu unserer eigenen Bleibe noch ohr- und nasenfälliger. Moderne Häuser sind ja diesbezüglich weitgehend immun und stumm. Technische Einrichtungen saugen die Gerüche sofort weg, und diese technischen Einrichtungen sind es denn auch, denen die Geräusche gehören, sogar wenn Elektronik anderswo produzierte auf fernbedientes Geheiß hin in weitem Frequenzgang stereophon angenehm gestreut und klangecht in alle Räume verteilt. Dicke Spannteppiche dämpfen selbst Schritte und Stimmen und leider auch den Lärm, um den das Kind sich doch immer und immer wieder so redlich bemüht, um so richtig machtvoll da und im Mittelpunkt zu sein.

Die Großmutter mütterlicherseits war eine wirklich herzliche Frau. Großvater habe ich selten gesehen, da er auch zu meiner Zeit seinen unzähligen Verpflichtungen nachging – er starb, glaube ich, sogar bei einer Parteiversammlung – und deshalb außer zum Essen und Schlafen kaum nach Hause kam. Sie begrüßte mich nicht überschwänglich und mit zuckersüßer Kinderstimme wie ihre Kollegin auf Vaterseite, sondern mit einem ganz schlichten Händedruck, einem Klaps auf die Schulter, einem Kuss auf die Stirn vielleicht. Dann stellte sie ein paar wenige Fragen, aus deren Ton das Kind Hans schlichte Anteilnahme heraushörte. Sie wirkte einfach, aber keineswegs unbeholfen. Damit legte sie weder das Gehabe der Frau eines Karrieremannes an den Tag, noch machte sie den Eindruck eines Menschen, der sich in seine Rolle nicht gerne schickt oder ihr nicht gewachsen ist. Dass sie ihren Mann nur sah, wenn er elementarste Bedürfnisse stillte, schien sie gelassen hinzunehmen. Ihre gesellschaftliche Stellung genoss sie, weil sie ihr Beschäftigung bescherte und das Gefühl, gebraucht zu werden, weniger des Prestiges wegen. Den Kindern gegenüber – neben der älteren Schwester hatte meine Mutter noch einen jüngeren Bruder, der allerdings ziemlich früh starb – legte sie jene unaufdringliche Fürsorge an den Tag, die manchmal auch verletzte, weil sie nahezu unangreifbar machte. Man ist stets im Unrecht und den Vorwand für die Wut muss man sich auch gleich noch selbst beschaffen. Mutter selbst hat wenig über ihr Elternhaus erzählt – und wenn, dann weder bewundernd noch bitter. Ab und zu tischte sie in Kürzeln die eine oder andere Kindheitserinnerung auf, deren Eckdaten ich meist aus Andeutungen der Frau Bürgermeister bereits kannte, und verglich sie dann mit den Zuständen in unserer Familie. Sie scheint ihre Eltern, die mittlerweile beide nicht mehr unter uns sind, in Ehren, ihre Jugend aber sonst wie eine Kapsel unter Verschluss zu halten. Das Bewusstsein, in der Gesellschaft einen gewissen Rang zu haben, muss dort immerhin selbstverständliches Zubehör gewesen sein und wurde deshalb später ebenso selbstverständlich zum Bedürfnis. Das erklärt auch leicht, wieso meine Mutter, wie schon erwähnt, viel ausgiebiger von meinem Vater erzählte. Mir kam es vor, als wollte sie so versuchen, dafür zu sorgen, dass seine Herkunft ein klein wenig glaubwürdiger wirkte. Nichts, aber auch wirklich gar nichts mehr am arrivierten Karrieristen erinnerte nämlich noch an dessen bäurische Herkunft; ihn umgab nicht einmal mehr die Aura eines Konvertiten. Er gehörte einfach dazu, war „einer von ihnen" – und in dieser Hinsicht, wie (wir) alle, austauschbar.

Manchmal hatten die mütterlichen Berichte natürlich auch schlicht den banalen pädagogischen Zweck, dem wohlstandsüberfütterten Tunichtgut von einzigem Sprössling den Fleiß seines Erzeugers als leuchtendes Beispiel hinzustellen. Solche Belehrungen waren jeweils nicht ganz frei von Wehmut, war doch der Eindruck nicht von der Hand zu weisen, auch die Mutter selbst klammere sich an jenes leuchtende Beispiel, sauge sich an dieser Vergangenheit buchstäblich fest und überhöhe sie in eine Reinheit hinein, die eine solche Vergangenheit auch unter den günstigsten Umständen nicht haben kann. Dies bestätigt für mich, dass sie die Liebe des jungen Kaufmanns aufrichtig erwiderte, der ihr an jenem Firmenessen, zu dem die ganze Bürgermeisterfamilie geladen war und für einmal auch vollzählig kam, über den Weg gelaufen war. Was da, wie gesagt, während der letzten Krankheit meines Vaters wieder so kräftig aufgeflammt ist, das muss von einer einst schon sehr soliden Grundlage gezehrt haben. Insofern bin ich bestimmt ein Kind der Liebe – war ich doch auch mitnichten der erste Versuch, zu Nachwuchs zu kommen.

Nun aber doch noch zu zwei, drei äußeren Daten: Nach der Sekundarschule absolvierte meine Mutter eine Schneiderlehre, an die sich jedoch, teils weil Schneiderstellen schlecht bezahlt und nicht viele offen waren, teils weil mein Großvater eine Hilfskraft brauchte und wenigstens seine zweite Tochter gern in seiner Nähe haben wollte (meine Tante, Mutters ältere Schwester, hat die Matura nachgeholt und ist jetzt in einem biochemischen Labor einer großen Universität tätig), bald Büropraktika anschlossen. Vom Handwerk der Schneiderei ist Barbara Müller-Strebel denn auch nicht viel geblieben; wohl aber geblieben ist der kritische, unbestechliche Blick, der seither bestimmt mancher Verkäuferin das Leben schwer gemacht hat. Wenn ich denke, wie genau meine Mutter ihre Hüllen vor dem Spiegel musterte, ja jedem Fältchen den Prozess machte, das nicht dort oder nicht so fiel, wie sie es wollte, zuweilen das Dienstmädchen rief, dessen Urteil dann beinahe andächtig ablauschte, mochte es auch noch so karg ausfallen, weil man sich der Chefin gegenüber nicht auf die Äste hinauslassen wollte – dann kann ich mir unschwer vorstellen, welcher Aufwand die Geschäfte die gute Kundin kostete und heute noch kostet. Dabei war sie durchaus nicht in allem so streng, ja pingelig. Was wir aßen zum Beispiel und wie zubereitet, das war ihr oft herzlich gleichgültig. Am allerwenigsten passt ihr Lachen zu dieser Strenge. Es ist herzlich, offen, manchmal fast wiehernd, ebbt weich in ihren Körper aus. Besonders wenn sie im Sessel im Wohnzimmer eines ihrer endlos langen und ausnahmslos unbedingt wichtigen Telefonate absolvierte, war es eine wahre Freude, ihr zuzusehen. Eigenartig war übrigens, dass sie all diese Gespräche, auch solche, die meinen Vater durchaus hätten stutzig machen können, ohne Weiteres in seiner Gegenwart dort führte. Dass eine Frau ihres Ranges auch noch andere Verehrer hat als ihren Angetrauten, schien ihr offensichtlich eine jener Selbstverständlichkeiten zu sein, die diesen nicht anfechten durften.

Für den kleinen Hans sorgte schon sehr früh das Dienstmädchen. Und so blieb es, bis ich nach jener Ferienreise nicht mehr nach Hause kam, während der mich Elena geangelt hatte. Wir hatten drei Dienstmädchen. Ruhig, zart und jung die Erste, tüchtig und herzlich. Mit wenigen Bewegungen erreichte sie vieles. Hohe Produktivität, sozusagen. Die Hausarbeit ging ihr wie nebenbei von der Hand, war einfach etwas, das sie zwischendurch auch noch zu erledigen hatte, wenn sie mit mir spielte, und sie spielte oft mit mir. Und ich mochte sie sehr. Viel Gefühl lag in ihrer langsamen Sprechweise und ihrer tiefen, warmen Stimme, besonders wenn sie mir Geschichten erzählte oder vorlas. Die Worte hatten Gewicht und ließen Raum für

Bilder – Bilder, deren Stimmungen mir jetzt, wo ich dies schreibe, wieder hochkommen. Meist lag ich im Bett und sie saß auf der Bettkante. Oft musste sie mir eine Stelle, die mir besonders gefiel, bis zum Gehtnichtmehr wiederholen. Dann und wann schlief ich über ihrem Erzählen ein, was entgegen landläufiger Ansicht als Beweis für dessen Qualität gewertet werden muss. Sie war mir Fee, Prinzessin, Mutter, Tochter, ließ sich von meinen Zinnsoldaten – ja, Zinnsoldaten, woher wir die wohl hatten? – in die Enge treiben und besiegen. Sie tröstete mich, wenn ich traurig war, lachte mit mir, wenn ich mich freute, strafte mich aber auch ab und zu, wenn ich gar zu sehr über die Stränge gehauen hatte. Schmollend wandte ich mich dann von ihr ab, verzieh ihr jedoch sogleich wieder und suchte, nun meinerseits schuldbewusst, ihre Gunst so schnell wie möglich wiederzuerlangen. Eine besondere Unart von mir bestand darin, ihr den Rock hochzuheben – wohl eine Art früherotische Anwandlung. Doch auch die andere Seite derselben Medaille, die üblichen, ja erwünschten Zärtlichkeiten, gelangen uns weit besser als der Mutter und mir, was diese mitunter ärgerte, ja regelrecht eifersüchtig machte. Auch sonst herrschte große Intimität zwischen mir und meiner Fee mit den langen blonden Haaren, die sie zum Arbeiten zu einem Pferdeschwanz zusammenband, ihren himmelblauen Augen (wirklich fast wie aus dem Märchen), dem breiten Mund und den Grübchen in den Wangen … Wenn ich so an sie zurückdenke, verguckt sich der erwachsene Mörder noch vollerotisch und nicht mehr nur angewandelt in dieses Bild, fügt es in Gedanken mit seinem eigenen in der Fensterscheibe zusammen und wird dabei mehr als kribbelig.

Sogar ihre wichtigsten Geheimnisse vertraute Carla bereits damals dem Kind an. So wusste ich längst schon, dass sie verliebt war, sehr verliebt, kannte auch schon ihren Freund und späteren Ehemann, als sie, schwanger, unser Haus verließ. Meine Eltern waren zur Hochzeit geladen – und gingen sogar hin! Nachher sandte sie mir ab und zu noch Karten, uns allen natürlich die Geburtsanzeige: ein Mädchen mit blauen Augen, wie sie.

Die Zweite war eine Südländerin. Rundlich, gedrungen, was sie kleiner erscheinen ließ, als sie wirklich war, mit kurzem schwarzem Haar und für ihr Alter zu tief in ihr braunes, ebenfalls rundes Gesicht eingegrabenen Lachfalten. Ihr Gang neigte trotz der vielen und schnellen Schritte zum Watscheln. Überhaupt bewegte sie sich viel; was Carla mit einer Bewegung erledigt hatte, dafür brauchte Angelina mindestens deren fünf. Das gab ihrem Arbeiten jenen Anstrich schwungvoller Vielbeschäftigtheit, den besonders mein Vater so an ihr schätzte. Hinzu kam, dass sie, wenn die Mutter nicht in der Nähe war, mit ihrer tragenden und rauen Altstimme viel und falsch sang. Ihre Stimme schien dabei direkt aus ihrem Leib hervorzubrechen, ohne erst noch durch Kehlkopf, Rachen und Mund zu müssen, und brachte ihre Pfunde zuweilen dermaßen zum Schwingen, dass nicht alle Stücke der Umgebung diesem Schwung standhielten und somit zumindest der Vorrat an jenen Scherben, die da Glück bringen sollen, nicht allzu karg blieb. Dieser relativ große Sachschaden könnte denn auch den Vorwand für ihren Abgang geliefert haben. Sie blieb gut drei Jahre. Aber vielleicht wollte sie auch wirklich mit ihrem Mann einfach wieder zurück, zurück in ihre Heimat, in jenes kleine Dorf, wo ihre Kinder, wo die Eltern, die Schwiegereltern und viele Verwandte – das halbe Dorf schien aus Angehörigen zu bestehen – noch immer wohnten. Viel hatte sie mir von jenem sich in einen Hügelabhang regelrecht hineinduckenden Dorf erzählt, mit seinen engen Gässchen, dem blätternden Verputz an den dicken Bruchsteinmauern, dem verblassenden Rot der Ziegeldächer, den kleinen Terrassen und Balkonen und den üppigen Pflanzen überall, sogar in den Küchenfenstern und den schattigsten Hinterhöfen. Sie selbst hatten sich zwar eine Wohnung in einem modernen Block gekauft, „ähnlich wie hier", wie sie meinte, aber ihre Eltern, und damit bis jetzt auch noch ihre beiden Kinder, wohnten in einem jener alten, wie für die Ewigkeit gebauten Häuser. Allerdings hatte man auch dort einiges umgebaut und erneuert; ein neues Bad mit Badewanne und Warmwasser gab es mittlerweile, ebenso eine neue Küche, sogar mit Geschirrspüler, der zwar kaum benutzt wurde, da ihre Mutter nicht wusste, wie ihn bedienen. Sie zeigte mir Bilder von allem, ganz besonders ausgiebig aber von diesen neuen Errungenschaften, und für mich war, was sie mir auch immer zeigte, neu und unerhört – obwohl sie mir doch nichts zeigte, was für mich nicht banalste Selbstverständlichkeit gewesen wäre. Ihr Dorf war das Dorf meiner Träume – der Träume eines kleinen Knirpses, der doch schon in der halben Welt herumgezerrt und vor so mancher Sehenswürdigkeit abgelichtet worden war! Solche Attraktionen sieht der Tourist der schnellen und großen Schritte eben kaum, und wenn, dann höchstens in eigens für ihn präparierter überechter Imitation. Und siehe da: Klein Hans, der von seinen Zinnsoldaten nichts mehr wissen wollte, seit Carla weg war, und sich mit allerhand zu Spielzeug geformtem

Elektrogerät die Zeit vertrieb, fand plötzlich Gefallen an so archaischem Werkzeug wie Zeichenstift und Papier. Und er zeichnete, zeichnete wie wild. Zeichnete das Dorf und dessen Einzelteile aus allen erdenklichen Winkeln, brachte das Produkt der Südländerin, auf dass sie absegne, was erst umfangreiche Erklärung identifizieren musste – ich war und bin alles andere als ein grafisches Talent –, und sie segnete ab, bestätigte bereitwillig alles, versorgte mich mit Anregungen für weitere Meisterleistungen. Sie werde mir schreiben, wenn sie dort sei, mich einmal dorthin einladen, versprach sie – doch bei diesem Versprechen blieb es. Ich hörte nie mehr von ihr. Aber jener Tupfer von Südlichkeit, den kein Reiseveranstalter auf Hochglanz zaubert, muss mir offenbar mehr Eindruck gemacht haben, als ich noch bis vor Kurzem ahnte.

Die Dritte im Bunde war mit Abstand die dauerhafteste, und sie war schlimm. Sie war eigentlich ein Niemand oder ein Irgendwer und gerade deshalb allgegenwärtig. Was „man" tat, galt allüberall bei uns in fast jedem Winkel. Allerdings, ob „man" stets mit so verblichen blauen Schürzen und Kopftüchern, mit Strümpfen in undefinierbarem Grau, die immer ausgeleiert und verbraucht aussahen, und dermaßen klobigen, dick gummibesohlten Schuhen daherzukommen hatte, das steht auf einem andern Blatt. Doch das alles war ja nur dazu da, Schönheit zu schützen – eine Schönheit, die ich nie gesehen habe. Dass dieses matte, schlaffe, fahle Gesicht und dieser hagere Körperbau in vorteilhafterem Dekor bessere Figur machen würde, konnte ich mir auch schlicht nicht vorstellen. Und selbst wenn überraschenderweise doch, dann wären diese ewig gleiche Stimme mit dem Charme und der Freundlichkeit einer Telefonbeantworteransage und diese ewig gleichen korrekten Bewegungen bestimmt nicht so ohne Weiteres wegzuzaubern gewesen. Eine solche Penetranz habe ich auch im Geschäftsleben nie mehr erlebt – und das will etwas heißen! Oder jene der Frau ist mir einfach deshalb so sehr geblieben, weil es für mich das erste Mal war, dass ich mit dieser mechanisierten Form menschlichen Auftretens so ausgiebig in Berührung kam. Sie gilt ja, zumindest in der Geschäftswelt, durchaus als tugendhaft, das steckt mir mittlerweile nur zu sehr in Mark und Bein; man nennt sie Gewandtheit, gar Weltläufigkeit. Aber dieser geschäftlichen Mechanik ist denn doch etwas mehr Eleganz, etwas mehr Stil, natürlich auch einiges mehr an Verlogenheit eigen. Wobei Verlogenheit, selbst ein My Verlogenheit, unserem Dienstmädchen wohl schlicht nicht lag und noch weniger notwendig war; ich wüsste beim besten Willen nicht, was sie zu verleugnen gehabt hätte.

Ihr Relais oder ihre Software zeitigte manchmal auch ganz absonderliche Folgen: Da die einzelnen Arbeitsabläufe ihre gottgewollte unverrückbare Ordnung hatten, war auch keine Änderung möglich, wenn wir, was selten genug vorkam, einmal Gäste hatten. Sie hatten sich gefälligst in diese Ordnung einzufügen – ja, sie, nicht etwa umgekehrt. Die Mutter ebnete diese Ungereimtheiten meist nach Kräften ein, sodass größere Peinlichkeiten, soweit ich mich erinnere, so gut wie immer ausblieben.

Gerne hätte ich diese Frau geärgert, zur Weißglut getrieben oder einer blitzschnell hereinbrechenden Überraschung, einem Unfall oder auch nur einem rasend auf sie zuschießenden Pudel oder was weiß ich ausgesetzt gesehen, doch beides blieb mir versagt – leider. Natürlich versuchte ich ausgiebig herbeizuführen, was nicht von selbst geschah; wer dann aber kochte, war immer ich, und wer die aufgestaute Wut dann zu spüren bekam, war die Tischplatte meines Schreibpultes, wovon noch heute ein paar Kratzer und Kerben zeugen. Wenn meine Mutter es in den letzten paar Monaten nicht endlich weggeräumt hat, steht es noch immer in jenem Zimmer, das schon damals mein Zimmer war.

Diese Frau war die Begleiterin meiner späteren Schulzeit, der grandiose Raster meiner Pubertät. Sie war kein Gegengewicht zur Mutter, die meiner hitzigen, klassenkämpferischen Besserwisserei nur ihre eigene und die Tugend meines Vaters entgegenhielt. Vielmehr war sie gleichsam die Fleischwerdung der unbarmherzig fest gefügten Innenwelt unseres Eigenheims, ihr flauer Abglanz in verschlissenem Blau mit undefinierbarer Farbe darunter. Bestimmt hat sie mit dazu beigetragen, dass ich, kaum zwanzig, in einem Anflug von Entschlossenheit (die natürlich sehr bald sehr stark Elena Dos Santos hieß) dem Elternhaus abrupt den Rücken kehrte.

Man kann sich fragen, warum ich von unseren Angestellten so ausführlich erzähle. Ich frage mich das auch. Doch die Antwort ist beinahe läppisch banal und ergibt sich zu einem gut Teil aus bereits Gesagtem. Der Vater war in meiner Jugend weitgehend abwesend (ich habe ihn gegenüber Patrick, unserem Sohn, diesbezüglich fast gleich weitgehend kopiert) und auch Mutter war nicht da. Zwar war ich Einzelkind, aber ich war ganz und gar nicht der einzige Versuch, zu Kindern zu kommen, gewesen. Also war ich (zu) wohlbehütet – eben von den bezahlten Helferinnen. Freunde durften kaum zu uns ins Haus, höchstens vielleicht ab und zu im Sommer in den Swimmingpool. Viele hatte ich ohnehin nicht; zwar war ich, glaube ich, nicht sonderlich unbeliebt, aber ich stand in der Klasse nicht im Mittelpunkt oder war gar Rädelsführer. In der unmittelbaren Nachbarschaft gab es wenig Kinder – in etwa zehn Minuten Entfernung lag aber immerhin ein Garten, wo wir graben, Hütten bauen, überhaupt uns austoben konnten. Die Eltern des Klassenkameraden, der dort wohnte, erlaubten dies nicht nur, nein, der Vater, von Beruf Architekt, lieferte sogar Schalungsbretter vom Bau, auch Nägel und Werkzeug. Die Folge ließ in unserem Villenviertel natürlich nicht auf sich warten: Oft fanden sich Heerscharen von Kindern dort ein und das Gelände machte zwischen Schlachtfeld und Feststätte so ziemlich alles durch, was Kinder aus einer leicht abfallenden, etwas welligen Wiese machen können, inklusive der Lärmklagen von Nachbarn – die allerdings nicht selten nur Vorwand waren, um anderem Ärger Luft zu machen, gegen den man sich machtlos wähnte. Meine Eltern hätten wohl auch zu den Reklamierern gehört, aber unser Garten lag ja eben zum Glück nicht in unmittelbarer Nähe. Für den Dreck an den Kleidern steckte ich regelmäßig Tadel ein, ja man verbot mir sogar, dorthin zu gehen – allerdings ohne anhaltende erzieherische Wirkung; denn bald half mir mein Klassenkamerad dadurch aus, dass er mir ein Kostüm – alte Kleider seines Bruders – für unsere Eskapaden im Garten bereithielt.

Die Schule durchlief ich als leidlicher Schüler; ich fiel nicht auf, oder falls doch, ließ man es sich nicht anmerken. Bei zu sehr überbordenden Streichen war ich selten dabei oder wusste mich noch rechtzeitig aus dem Staub zu machen. Insofern war ich, denke ich, ein atypisches Einzelkind, versuchen diese doch oft, die Bedeutung, die ihrem Dasein zu Hause beigemessen wird, auch nach außen zu tragen. Vielleicht versuchte auch ich mich darin, aber der Versuch scheiterte – oder, was wahrscheinlicher ist, ich nahm das Scheitern schon vorweg und versuchte es deshalb gar nicht erst. Vielleicht war ich schon zu Hause zu sehr einsamer Ritter und Sklave, als dass mich diese Rolle noch weiter interessiert hätte.

Ich habe die Schulzeit nicht in besonders glücklicher Erinnerung. Voll war sie von Sorgen, Nöten und Ängsten, und dies, obwohl es ja kaum äußeren Grund dazu gab; ich wurde ja kaum ausgelacht, nicht mehr verdroschen und von den Lehrern nicht mehr ins Visier genommen als andere. Dennoch gab es viele kleine Drohungen, lauernde Fußangeln und Gefahren, die das Kind freilich sich nur im ganz stillen Kämmerlein eingestanden hätte, und nur sich, niemand sonst. Im Gymnasium kamen die ersten näheren Kontakte mit Mädchen hinzu, die unversehens und für mich viel zu schnell zu Frauen geworden waren. Selten waren sie von Dauer und noch seltener verliefen sie glücklich. Irgendwie verwirrten mich diese Geschöpfe, die plötzlich so anders waren und doch noch dieselben, die ich eben noch als Kinder gekannt hatte. Ich war ihnen gegenüber furchtbar schüchtern und meiner Schüchternheit hilflos ausgeliefert. Wohl hielt ich mir vor, dass ja auch sie, obgleich mir nicht nur körperlich zum Teil weit voraus, noch kaum vertraut waren mit ihrer neuen Rolle, ihr junges Frausein auch erst erfahren, ja erlernen mussten, aber das beschwichtigte nur hinterher. Dabei war ich gar nicht unbeliebt, mein Äußeres, vielleicht auch meine

Unaufdringlichkeit gefielen; doch ich suchte meist viel zu früh das Weite, riss aus. Gerade wenn das Mädchen sich ein Herz fasste und zarte Avancen machte, fühlte ich mich so ... – so nackt, so ausgestellt, in eine Richtung geschoben, wo ich nicht hinwollte, nicht hingehörte; es schien mir, als nehme man an mir andauernd Maß. So kam es, dass ich, wenn auch nicht ganz ohne erotische Erfahrung, so doch noch Jungmann war, als ich auch von zu Hause ausriss.

Auf diesen „resoluten" Abgang bin ich lange sehr stolz gewesen. Ich stilisierte mich als wirklichen Ausreißer, als einen, der sein Vorhaben von langer Hand vorbereitet hatte, dabei nicht nur nicht entdeckt wurde, nein, dem man, ahnungslos, wie man war, gar noch in die Hände arbeitete – aus Standesinteresse. Der klein karierte Prestigegroßbürger, welcher dem Sozialrebellen, der per Zufall sein Sohn war, auf den Leim kroch. Der Bourgeois, der sich durch seinen eigenen Nachwuchs seine Grube schaufelte. Dass man mit der Vergangenheit durchaus nicht so radikal gebrochen und endlich einen Weg gefunden hatte, der noch Zukunft verhieß, dass diesen Weg vielmehr vor allem weibliche Tatkraft und Fürsorge, nicht politische Vision wiesen, das wollte, das durfte man sich nicht eingestehen. Dass man auch nicht mutig abgehauen, sondern einfach aus längeren Ferien, die vom Elternhaus geplant und bezahlt worden waren, „damit man endlich etwas selbstständiger werde", nicht mehr zurückgekehrt war, weil einem Fügung oder Zufall in einer Diskothek die Bekanntschaft einer dunkelhäutigen Frau beschert hatte, die einen schlagartig verwandelte, aus jener vorher stets lauernden Betretenheit, Befangenheit herausholte, ebenso wenig. Vielleicht bestand mein einziges damaliges Verdienst darin, mich gegen diese drastische Wendung nicht gesperrt zu haben. Meine Eltern versuchten natürlich, mich zurückzuholen, da ich ja studieren sollte, obwohl niemand so recht wusste, was. Sie hatten dazu aber keinen Rechtsbehelf, da ich in den Ferien zwanzig, also volljährig geworden war. Und Elena dachte nicht daran, mich auszuliefern, trotz wiederholter eindringlicher Versuche, wenigstens sie „zur Vernunft" zu bringen.

Diese Frau, die mich damals so spontan in ihr Herz geschlossen und wenige Wochen später so ohne Wenn und Aber verteidigt hat, die sitzt nun selbst im Gefängnis und geht schwanger mit einem Kind, dessen Vater nicht ich bin. Erst in meiner Zelle hat sie mir das unter Tränen gestanden. Sie bat mich um Verzeihung. Ich erklärte ihr, es gebe nichts zu verzeihen, unser unruhiger Lebenswandel habe ja nicht nur ihr lupenreine sexuelle Treue verunmöglicht. Sie hoffe, sagte sie immer noch schluchzend, ich könne das Kleine trotzdem ebenso lieben wie Patrick, unseren Sohn. Zwar liebe ich Patrick, aber ich weiß kaum, wem eigentlich meine Vaterliebe gilt; ich sehe ihn seit Jahren ja kaum. In unserer ach so effizienten Zeit ist dies ja nur zu häufig so, in gewissen Schichten und Berufen gar die Regel. Er soll sich gut entwickelt haben, ist zu einem aparten Jüngling herangewachsen, der ein Stück, etwa knapp die Hälfte, vom dunklen Teint der Mutter geerbt hat, auch das dichte schwarze Haar; die weichen Wellen dürften allerdings eher von meiner Seite stammen. An Größe soll er die Mutter bereits überflügeln, doch wird er sich künftig wohl nicht mehr sehr stark strecken; dafür hat er zu sehr ihre Statur. Im Blick seiner braunen Augen hingegen sehe ich mich, meinen Spiegelblick durchaus ab und zu. Und wer der Vater ihres zweiten Kindes sei und ob er von seinem Glück überhaupt wisse, das gab Elena nicht preis; ihre Tränen schützten sie vor Fragen, erst recht vor unbequemen.

Damals hingegen galt nur dieser junge Drang, der zu voller Kraft erstarkte Trieb. Und mich nicht gegen das zu sperren, was in den frühen Morgenstunden jener schicksalsträchtigen ersten Nacht immer ausschließlicher nur Elena hieß, das fiel mir auch auf Dauer nicht schwer. In der ersten Nacht, ja in der allerersten wirklichen Liebesnacht des Lebens alle Klippen unbeschadet zu umschiffen und nur Leidenschaft zu sein, ist ja an sich schon ein Glück. Umso nachhaltiger verdichtete sich mir Grünschnabel die Überraschung über den Taumel, der schon seit Jahren bangend gehegte Begierden so mir nichts, dir nichts erfüllte, zu glühender Erleuchtung. Natürlich taten die paar Tropfen Alkohol, die vor allem vor Mitternacht immer wieder mit im Spiel waren, noch das Ihrige dazu. Ich hatte das Gefühl, aus einer ganz neuen Welt – oder in eine hinein – zu erwachen – was die Glut nur noch kräftiger schürte.

Dass dieser innere Taifun nicht nur Koordinaten knickte, sondern zugleich auch Keime zu neuen legte, ist eigentlich fast ein Wunder. Daran sind wohl kaum nur die zwei Jahre schuld, die Elena älter ist als ich. Sie war in der praktischen Lebensbewältigung viel älter, wenn „älter" selbstständiger heißt. Schließlich musste sie sich als Zweitälteste gegenüber vier Geschwistern behaupten, und das in einer Familie, in der der Broterwerb beiden Eltern nicht üppig Zeit für ihre Kinder ließ. Wenn sie aber Zeit hatten, so nahmen sie sich wirklich Zeit für die Kinder – so ganz anders als meine. Sie sind herzliche Leute, in deren Blut auch mehrere Generationen die afrikanische Abstammung nicht haben ausrotten können. Ich weiß nicht, was es ist, das in diesen Leuten immer noch kocht; ich weiß nur, dass es kocht. Unsere Hochzeit, zu der die Meinen nur Glückwunschtelegramme schickten, hätte schlichter und schöner nicht sein können. Selbstverständlich feierten wir bei Elenas Eltern – in deren Vorstadtwohnung gab es zum Glück ein großes Wohnzimmer. Und auch zum Glück hatten wir die „Hochzeitsnacht" längst schon vorweggenommen; nach all dem Guten für den Magen brauchte man schlicht und einfach nichts als Erholung und Schlaf.

Elena hatte damals schon drei, vier Jahre dieses kleine, winkelige Geschäft. Wie eine verwunschene Insel zwischen Großstadtriesen: endlosen Zigarren, die dem alten, dunklen, etwas verkommenen Haus nicht einmal mehr spotteten und es gerade deshalb gewähren ließen. Sie handelte mit Trödlerware, secondhand, speziellen asiatischen Drucken und Duftstoffen sowie alternativen biologischen oder auf direkterem Weg von den fernen Anbauern gelieferten Lebensmitteln. Auch eine Ecke mit Stühlen und Tischen gab es dort, wo man etwas Kleines (wie etwa Frühlingsrollen oder belegte Brötchen) essen und auch Alkoholisches trinken konnte. In dieser Ecke durfte meine Weltverbesserungsromantik dann endlich doch noch zum Zuge kommen. Ein kleines Grüppchen, vielleicht vier, fünf zumeist junge Leute waren wir, die nichts taten, aber vieles sehr viel besser wussten. Wissend bliesen wir uns gegenseitig Rauchkringel vor die Nasen und verwünschten die Welt, die es penetrant unterließ, sich des einzigen Zirkels von Weisen zu erinnern, der imstande war, sie aus jenem Schlamassel zu retten, in das sie sich immer hoffnungsloser hineinmanövrierte. Rezepte? Die brauchten wir nicht zu entwickeln, die hatten wir doch längst – solange man uns nicht fragte, worin sie denn eigentlich bestünden. Wir fragten nicht, wir antworteten. Wir zweifelten nicht, wir klärten auf, klärten uns Aufgeklärte auf – kurz, wir verteilten Gut und Böse nicht anders und nicht besser als irgendeine Runde Bierbeizenhocker, höchstens ab und zu mit umgekehrten Vorzeichen.

Neben der Umgebung war auch vieles andere neu für mich. Plötzlich musste ich körperlich arbeiten – und zwar mitunter ganz schön schweißtreibend. Ich lernte kochen, verdarb dabei symmetrisch zwei Bratpfannen und zwei Töpfe, lernte, dass Haushalt mehr war als Befehle erteilen und deren schlechte oder lächerlich inszenierte Ausführung kritisieren. Buchhaltung, ein gehasstes Fach in der Mittelschule, wurde plötzlich zur praktischen Notwendigkeit. Aber Elena lobte mich ja prompt und überaus ausgiebig, fast ein bisschen gar zu ausgiebig. Zwar war tatsächlich aus dem Feuer ein Feuereifer geworden – jener des Heizers, der Angst hat vor dem Rauswurf oder vor dem Erfrieren. Lange wurde ich das Gefühl nicht los, ich müsste mir mein Glück irgendwie verdienen, irgendwie. Vor allem gegenüber Elena, aber auch mir selbst zuliebe, und irgendwie war unser Glück vor allem mein Glück. Elena sah ich eher als Gnädige, die sich eines in die Gosse Verkommenen, den ein unverdienter freundlicher Wink in jene Diskothek entlassen hatte, erbarmt und ihm unverdienten Segen bereitet hatte. Das Gefühl der Dankbarkeit war mindestens so stark wie meine Liebe – übertroffen nur vom geradezu bestialischen Drang nach ihrer Nähe. Intimität endlich einmal als reiner Lockruf, nichts mehr von diesem immer wieder gleichzeitig aufkeimenden Wunsch, sich zu entziehen! Ganz im Gegenteil, nur ja nicht verlassen werden wollte ich – um nichts in der Welt!

Ob diese Angst nur mit Elena und unserer Liebe zu tun gehabt hat, ist heute allerdings nicht mehr so zweifelsfrei. Als psychologische Erklärungen für Vorstufen jener Umstände, die zu meiner Tat und zum nachherigen Vergessen geführt haben (das ja bis heute noch nicht vollständig ausgerottet ist), taugen andere Versionen besser. Etwa jene simple, dass einfach ein Nest hatte sein müssen und meine „Leistung" einzig darin bestand, das elterliche gegen ein anderes eingetauscht zu haben. Meine „Individuation" sei dadurch trotz meines mutigen und verheißungsvollen Aufbruchs fatalerweise auf nicht viel andere Weise blockiert oder erschwert worden, als wenn ich zu Hause geblieben wäre. Dies umso mehr angesichts der Lebenstüchtigkeit, ja Überlegenheit meiner Frau insbesondere in praktischen Dingen. Andere Erklärungen tischen jene bereits bekannte Spielart des ödipalen Musters auf, laut der Elena nicht eine Reifung ausgelöst, sondern lediglich ihren Platz in einem Dreieck eingenommen habe, von dem zu emanzipieren sie mich über all die Jahre erfolgreich abgehalten habe. Daher dann meine spätere Rebellion, die mit Peter Z. Elena, mit Elena wiederum das mich dominierende Mütterliche gemeint habe. Zwar sind solche Erklärungen recht einleuchtend, mir aber eben gerade deswegen auch äußerst suspekt. Wer möchte schon über Alternativen ohne Elena ernsthaft spekulieren – und deren Folgen?

So, das wär's. Vorläufig. Ich bin müde. Eigenartig: Der Trick mit dem Fenster hat tatsächlich dazu geführt, dass ich das Gefühl hatte, ich würde die Geschichte jemand anders erzählen. Einem geduldigen, stummen Anderen. Am ersten Abend schrieb ich tatsächlich den ganzen Abend lang bei offenem, wenigstens vor dem Dunkelwerden noch spiegelnden Fenster. Erstmals habe ich die ganze Würze einer lauen Sommernacht, die weite Skala der kleinen Geräusche, die ihre gewaltige Stille wie tropfenweise immer wieder durchbrechen, so richtig mitbekommen, die Skala der mannigfachen Arten, wie einen Insekten belästigen können, nicht minder. Ich schrieb bis in die frühen Morgenstunden hinein, bis mir die Augen zufielen. Am nächsten Tag ging's dann ohne all dieses Theater mit der Scheibe. Lange im Spiegel angeschaut habe ich mich trotzdem. Sonderbar, wie einem wird, wenn man in den erwachsenen, zwar braunen, aber erschlaffenden, durch ungesundes Fett da und dort entstellten Zügen nach jenen des kleinen Jungen fahndet! Es ist nicht dasselbe, wie wenn du ein altes Foto anschaust.

Es war heiß in diesen Tagen. Ständig hörte ich vom nahen anstaltseigenen Schwimmbecken her das rege Klatschen der Wellen und das übliche raunende Stimmengewirr. Doch ich zog es vor, zu schreiben, schwitzend zu erzählen. Das ist sonderbar, doch mich freut es trotzdem – vielleicht deswegen.

– 4 –

Gestern in der Gruppensitzung hat es mir die Sprache verschlagen. Kalter Schweiß trat mir auf die Stirn, durchtränkte meine Handflächen und meine Kopfhaut begann zu jucken, besonders in der Nackengegend. Die Worte zerfielen mir zu Silben und die Silben in Unaussprechbares. Ich stotterte, man half mir weiter, ich verstummte, man versuchte mich zum Sprechen zu bringen, jedoch vergeblich. Dann flogen mir zwei, drei Kissen an den Kopf, wohl auf ein Zeichen unserer Gruppenleiterin hin, denn sie lächelte ein teuflisch verschmitztes Lächeln, wie ich es noch nie von ihr gesehen habe. Ich schaute auf, wollte die Kissen zurückwerfen, wahllos irgendwohin, doch da trafen sich unsere Blicke. Und zum ersten Mal erschien mir Frau Berkowsky als jene junge Frau, höchstens Mitte dreißig, die sie wirklich war. Plötzlich kam sie mir herausfordernd und aufreizend vor, wie eine der routinierten Verführerinnen aus den einschlägigen Bars, und ich hätte nicht übel Lust gehabt, sie auf der Stelle abzuküssen. Allerdings für Momente nur, denn sogleich fand sie sich wieder in jene mir vertraute, ferne Maske, die nicht nur ihre Jugend, sondern sogar ihr Frausein nur mimte. Wohl dieses erotischen Ansturms wegen blieb ich nach ein paar röchelnden Anläufen weiterhin stumm und wahrscheinlich sprach meine bestimmt richtig festlich feuerrote Direktorenbirne eine umso deutlichere Sprache. Eine deutlich andere als eben noch. Jedenfalls hatte man endlich für diesmal Erbarmen mit mir und suchte sich ein anderes Opfer aus.

Dabei gab es keinerlei äußeren Anlass für einen derart erschütternden Einstand. Oft hätte ich früher zum Verstummen viel mehr Anlass gehabt. Und schreiben kann ich ja noch. Es ist einzig mein mündlicher Ausdruck, der mir wegbleibt, wie dem Ertappten die Spucke. Es ist der mündliche Ausdruck in dieser Gruppe. Er macht sich einfach aus dem Staub, und es ist, als wäre er nie da gewesen. Bald wird dieses unverhoffte Verstummen wohl Gesprächsthema sein – vielleicht sogar Gesprächsthema Nummer eins. Als Schweigender werde ich in den Mittelpunkt gerückt, vielleicht in den Mittelpunkt wirbelnder Kissenschlachten, und lande plötzlich doch noch auf unserer dann wiederum schnippisch lächelnden Psychologin. Und das könnte dem feuerleuchtenden Direktor a. D. zu allem Überfluss sogar noch gefallen. Hinterher würde er sich zwar bestimmt darüber ärgern, dass es ihm gefallen hat, und vielleicht – hoffentlich – würde ihn dieser Adrenalinschub wieder zum Sprechen bringen. Sonst hilft auf die Dauer nichts, als die Gruppe zu wechseln. Aber so kurz nach Beginn der Arbeit lassen sie das hier wohl kaum zu. Und wenn Hans auch dort wieder sprachlos wird, ohne junge Frau, die ihn aus der Fassung bringt, weil sie ohne Vorwarnung ihre sonst hieb- und stichfeste Maske ablegt? – Vielleicht ginge er dann, nach ein paar Rochaden, als erster schreibender Verstummer in die Annalen dieses schönen neuen Instituts ein …

– 5 –

Eine Geschichte, deren Erzähler, ein Wärter und noch etwas Gefängnisalltag.

Zuerst zur Geschichte: Ein Mann in den besten Jahren, erfolgreich, keine Sprosse der Karriereleiter war morsch, brüchig oder für seinen Schritt zu hoch, geht eines schönen Tages einfach in den Sand. Und liest. Liest wahllos. Liest immer, wenn er nicht gerade schläft oder isst.

Dabei muss man sich keinen lauschigen Strand denken, mit stets leicht wogender See und angenehmen Temperaturen dank der leichten Brise, die von dorther weht, nein, vielmehr ist er in die Einsamkeit gegangen – oder, besser, in eine andere Einsamkeit. Eine, die ein Blockhaus inmitten bergiger Abgeschiedenheit vorführt. Vorführt, sage ich, denn vom Blockhaus stimmt nur die Fassade, sonst ist es eine mit allen erdenklichen Schikanen ausgestattete Villa, die Berge sind nur höhere Hügel, und die nächste größere Stadt liegt höchstens gut zwanzig Autominuten entfernt. Naturtraum à la Zigarettenreklame also, mit moderner Mobilität bequem erreichbar; Vergnügungen, die nicht elektronisch frei Haus geliefert werden, sind Sache von wenigen Kilometern.

Unser Herr setzt sich aber nicht ins Auto – vielleicht tut dies ab und zu seine Frau –, sondern in seinen Sandkasten, ein großzügiges hölzernes Quadrat, das er neben seinem

Haus in eine von Buschwerk umwucherte Nische gebaut hat. Ein Kinderspielplatz von ausgesuchtem Charme, jedoch bestimmt ohne den geringsten Hang zu literarischer Ambition. Kinder gab es keine, warum auch immer, wodurch der Sandkasten zum trostlosen Waisen wurde. Geworden wäre, wenn sich nicht sein Erbauer seiner erbarmt hätte. Wieso hat er sich nicht einfach ins Bett gelegt? Dort wäre er bestimmt leichter zu pflegen gewesen und vielleicht hätte sogar die Krankenkasse noch etwas beigesteuert – wohl wegen unheilbarer permanenter psychischer Deformation. Doch der Herr setzt sich mitten in den Sand. Für die Exkremente hat er sich – ich habe Ernst, den erzählenden Wärter, extra noch danach gefragt – eine Kiste gebaut, eine Art Schublade, die seine Frau täglich mit einer Art Katzensand neu ausstreut. Er selbst muss also auf so etwas wie einem Rost oder Sieb sitzen. Wie hat er das überhaupt nur ausgehalten? Aber so weit hat mein ernsthafter Erzähler wohl nicht gedacht. Und ernsthaft war er – zumindest, was den Aufwand an Zeit betraf, die er bei mir verbrachte. Etwas später aufgetaucht als die andern, übertraf er sie bald alle. Schon damals war mir das schnell aufgefallen.

Einmal im Sand schön häuslich eingerichtet, werden dem Sandigen auch gleich Bücher geliefert, wie mechanisch oder wie für ein Theater eingerichtet. Ein Rieseneinakter, den zwei aufführen, für sich allein – das ganze Anwesen ist mit dichten Hecken solide geschützt. Der Schauspieler, der nicht gesehen werden will, sondern nur spielt, etwa vergleichbar dem Plattenhörer, der mitdirigiert, wenn Beethovens Neunte erklingt.

Die Frau soll übrigens, nach Ernsts Einrichtung, ihres Gatten Bewegungsarmut mitnichten teilen. Zumindest in

Garten und Haus, möglicherweise aber auch in der Gesellschaft ist sie sehr aktiv, vielleicht gar bekannt als Kolumnistin oder gefürchtete Kritikerin. Unehrenhafte Gewerbe schloss Ernst fast entrüstet aus. Dieser Gegensatz wäre zu plump, meinte er: zu Hause das brave, dienende Weib und in der Stadt für die anderen Männer gegen Geld zu haben. Jedenfalls ist sie bestimmt eine Frau, der man zuletzt einen Sandkastengemahl zugetraut hätte.

Dieser passt sich wenigstens in der Auswahl der Bücher seiner Umgebung an; sie ist ihm nämlich so gleichgültig wie ein Sandkorn dem andern gleich. Vom Kochbuch bis zu Kant, vom Kriminalroman bis zum historischen Schmöker, vom Liebesgedicht bis zur Rilke-Elegie, vom Boulevardblatt bis zur exklusiven, auf Hochglanz gedruckten Kunstzeitschrift – mitten im Garten, liest er sich quer durch all die Gärten hindurch, wobei ihn nicht Düfte von Rosen, Nelken oder Veilchen, der ganze Reichtum an Mischungen von bitter bis süß, den Pflanzen bieten können, interessieren, sondern einzig und allein das Riechen selbst. Hätte man ihn gefragt, was es denn sei, an dem er da gerade optisch so aufmerksam rieche, er hätte wohl nichts zu sagen gewusst. Doch gefragt wurde hier nicht, es wurde nur gebracht und geholt, neben den Büchern Essenstablette; es wurde aufgeräumt, entkotet. Die Bücher hortete und ordnete Frau Eremit in einem eigens dafür eingerichteten Zimmer, trennte dabei fein säuberlich das Gelesene vom noch nicht Gelesenen – als ob das nötig oder auch nur sinnvoll gewesen wäre! Wind und Wetter? Auch dafür – dagegen – ist gesorgt: Ein rundum verglastes Häuschen, womöglich sogar elektrisch geheizt, lässt sich bei Bedarf über die vornübergebeugte, immer bärtigere, immer schmuddeligere Gestalt stülpen, beziehungsweise heran- und wegrollen.

So weit, so gut. Doch dann durchkreuzte ein Einfall von Ernst das abgesehen von der grotesken Szenerie so runde, so geläufige Programm: Anders als die todkranke Frau, die ihm – als Gleichnis? – diese Geschichte aufgetischt haben soll, lässt *er* das treue, aufopfernde Weib vor dem ihm angetrauten Leserätterich sterben. Damit kann der nicht mehr von seiner Pflegerin in seinem Kasten beerdigt, besandet werden, wie geplant. Er fische die Story so gleichsam an einem dünnen Faden wieder in die Wirklichkeit zurück, meinte mein Fabulierer; sie werde um ein Stückchen unwahrscheinlicher und genau um dieses Stückchen wahrhaftiger. Vor allem das letzte Wort, „wahrhaftig", aus seinem süßsäuerlich verzogenen, beschnauzten Mund wirkte sonderbar: Gerade bei ihm ist wahrlich nichts wahrhaftig! Schon gar nicht der Schluss, den er nun vorschlägt: Dem Leserätterich, der eigenartigerweise nie Augenentzündung hat, muss natürlich vor allem das Fehlen von Essen und Wartung auffallen; besonders ausgiebige Gespräche sollen beim Zusammentreffen der beiden Gatten ja nie geführt worden sein. Er schaufelte seine Nahrung in sich hinein, sie leerte das Kistchen, und damit basta. Bei der Nahrung soll er ja genauso wahllos und gleichgültig gewesen sein wie bei den Büchern. Er wird also das Ausbleiben der Fütterung und Tränkung zunächst einfach wahrnehmen, ohne an Abhilfe zu denken. Denn wie soll ein seit Jahrzehnten an äußere Regelmäßigkeit Gewöhnter Missstände, wenn überhaupt, gerade bei unabdingbaren Voraussetzungen für die Grundversorgung suchen und erst noch daran denken, sie eigenhändig zu beheben, etwa einen Partyservice anzurufen (falls die Frau das anfänglich installierte Telefon nicht, weil völlig überflüssig, längst schon wieder weggeräumt hat)? Er wird also zunächst immer häufiger und immer ratloser vom Buch aufschauen. Dann wird er vielleicht doch einmal versuchen zu rufen. Das dürfte ihm nur ziemlich misslich gelingen, denn seine Stimme ist für solcherlei Strapazen bestimmt nicht mehr eingerichtet. Allerdings wird er wohl kaum ihr das Scheitern seiner Bemühungen zuschreiben. Paradoxerweise zu Recht, natürlich. Der darauf folgende Schrecken wird zunächst nur langsam einsickern, ihn dann aber erstarren lassen – falls wir überhaupt von einer Psychologie ausgehen dürfen, die ein normal kranker Menschenverstand nachvollziehen kann. (Allerdings bin ich mir immer weniger sicher, ob das Nichteinfühlen-Können als Indiz für die Absonderlichkeit seines „Falles" oder nicht doch vielmehr für die Krankhaftigkeit oder seelische Verstümmelung des Beurteilers steht.)

Nachdem diese Erstarrung sich gelöst hat, wird unser lesender Lebensverweigerer langsam, ganz langsam nur, zur Einsicht kommen, dass – dass er nur leben kann! Auch das langsame Sterben will gelebt sein! Und womit und wie sollte er seinem Leben künstlich ein Ende setzen? Um zu sterben müsste er also Leiden großen Ausmaßes erleben, und Leiden zu erleben müsste er verdammt schnell lernen. Zwar wird er wohl kaum so klar denken, aber sein dumpfes Gefühl wird ungefähr das zum Hintergrund haben, was hier eben als Gedanke geschildert wurde. Er wird also überleben wollen – und das plötzlich ganz stark. Nur macht Wille alleine noch keine Muskeln, und Muskeln, gerade gut, Bücher zu halten, heben nicht so leicht einen Männerkörper aus einer Kiste, der wohl besser genährt ist als das dickste Buch. Trotzdem beginnt der soeben wieder zum Leben Erwachte zu hieven. Lassen wir sein Werk Zentimeter um Zentimeter gelingen. Selbstverständlich tragen ihn seine Füße nicht und so liegt er also letzten Endes in nicht viel besserer Lage neben jener Kiste, die so schnell vom buchstabentrunkenen Paradies zur mörderischen Hölle geworden ist.

Richten wir ihm die Wiese nun so ein, dass sie ein leichtes Gefälle zu jener Landstraße hin hat, die wir ebenfalls in der Nähe seines Anwesens vorbeiführen müssen, um ihm das Leben zu retten – an beides hat Ernst nicht gedacht. Dieses Gefälle soll ihm das Robben und Rollen zur Straße hin erleichtern. Er robbt und rollt sich also zur Hecke hin, durch das Gartentor, das zum Glück offen oder nur angelehnt steht – und liegt endlich, nach Stunden, neben der selten befahrenen Straße in morschen Oberkleidern, an den Beinen wohl kaum oder gar nicht betucht. Eine recht trostlose, traurige Erscheinung. Man muss sich vorstellen: hüftlanges, verfilztes, fettiges grau meliertes Haar, ebensolcher Bart, überhaupt alles klebrig und muffig wie Speisereste, die man über Wochen in der Pfanne vergessen hat – eine eigenartige Mischung zwischen verkommenem Landstreicher und hoffnungslosem Alkoholiker. (Mir selbst haben sie übrigens den Alkohol schon weitgehend im Gefängnis und hier fast restlos abgewöhnt; mit dem Nikotin allerdings hapert's nach wie vor.)

Einige Autos fahren zwar vorüber, lassen aber den Elenden rechts liegen. Endlich, nach Stunden, erbarmt sich ein Fahrer. Ausnahmsweise hat er mal Zeit, ja ist eigentlich viel zu früh für die Party. Also lädt er sich den stinkenden Wurm in den leeren hinteren Schlag. Zum Glück sind sie zu zweit im Wagen – und nur zu zweit. Sonderbarerweise gibt der Herr auf Fragen recht klar Auskunft, wenn auch hin und wieder in reichlich veralteten Ausdrücken. Ins Spital sollte man wohl am besten mit ihm. In der Wärme des Interieurs döst der Herr auch sogleich ein.

Der übernächtigte diensttuende Assistent in der Notfallstation rümpft zwar zuerst nur die Nase, dann aber doch bald auch die Stirn. Eigenartiger Muskelschwund an den Beinen, verkrustete, entzündete Haut bis über den Bauchnabel. Überhaupt, der ganze Körper mit einer Art Patina oder Pilz belegt. Und dieser Geruch! Das sind nicht nur Wochen! Zunächst lässt er den Herrn erst mal tüchtig waschen. Dann aber wittert er eine Chance und damit persönliche Morgenluft: Könnte man diesen Kerl vielleicht wiederherstellen? Ein solcher Erfolg könnte der eigenen Karriere überaus förderlich sein … Man muss nur dafür sorgen, dass man bei der Behandlung feder- oder zumindest therapieführend ist. Vielleicht ergeben sich neue bahnbrechende Erkenntnisse über Muskelkrankheiten?

Tatsächlich „erholt" sich der Patient erstaunlich rasch. Erholt in Anführungszeichen, weil ja ein Zustand wiederhergestellt wird, den er absichtlich und mit Vorbedacht verlassen hat. Nach einigen Monaten kann er sogar wieder gehen, nach ein paar weiteren Wochen sogar ohne Stock. Man kann ihn somit getrost aus der Klinik entlassen.

Nur – wohin? In sein Haus zurück? Das, wird man bald berechnet haben, käme viel zu teuer. Zumal der Herr außer seinem Anwesen kein nennenswertes weiteres Vermögen mitbringe. Eine halbe Gemeindepflegerstelle nur für ihn, das wäre dem Steuerzahler doch zu viel Opfer abverlangt. Demzufolge wird man sehr schnell an ein Altersheim denken. Dem frischgebackenen Senior wird man eröffnen, dass sich ausnahmsweise, sonst seien die Warteschlangen jahrelang, ausnahmsweise, wirklich ganz ausnahmsweise ein freier Heimplatz an einem wunderschönen Ort gefunden habe, der überdies noch sofort bezugsbereit sei. Auch das Finanzielle sei bereits geregelt. Es fehle nur noch, ja eben – nur noch seine Einwilligung.

Ob erfreut oder nicht, das bleibe dahingestellt; jedenfalls wird unser einsamer Herr diese bestimmt nicht verweigern. Er kann ja weiterlesen – und tut dies auch prompt. Allerdings nicht mehr in einem neuen – internen – Sandkasten, sondern im wesentlich bequemeren Lehnstuhl. Und zum Essen geht er, auch wäscht und duscht er sich regelmäßig, solange und so gut er kann. Er hat sich zu einem richtig angenehmen, vielleicht sogar würdigen alten Herrn gemausert. Die Heimleitung mag ihn. Und wenn er nicht gestorben ist, so lebt er noch heute.

Der behandelnde Arzt übrigens, der macht tatsächlich Karriere. Sein Bericht über den Krankheitsverlauf und die Genesung lässt sich in eine Habilitation umgießen. Nach der nötigen klinischen Erfahrung wird der Privatdozent zum Professor an eine bekannte Universität berufen und als Kapazität gefeiert; sogar die Regenbogenpresse kümmert sich um ihn, findet und erfindet immer mal wieder Frauen- und andere Geschichten. Seinem Glücksbringer sendet er alljährlich am Einlieferungstag Blumen.

Das ist die „wirkliche" Geschichte aus der Fantasie des „Gefängniswärters" Ernst.

Schon damals war mir, wie gesagt, dieser Kerl, dieser „Gefängniswärter", aufgefallen. Eigentlich nicht unangenehm, sondern schlicht und einfach wegen seiner Ausdauer ausgerechnet bei mir in der Zelle. Aufdringlich wirkte die nie. Und durch diese Permanenz der Auftritte nimmt man natürlich auch den Typen eher wahr. Zudem ist Ernst wirklich auffällig. Nicht auf einen Schlag, sondern allmählich. Nicht etwa, weil er baumlang ist. Auch nicht, weil er langsam, fast schleppend spricht. Sondern weil fast alles – außer der Baumlänge – sogleich wieder falsch ist. Einige Beispiele: Kaum hat man festgestellt, dass er langsam und schleppend spricht, merkt man überrascht, dass sich die Silben fast überschlagen; trotz der Baumlänge spricht er einen fast von unten her an; seine Stirn ist hoch, dabei ist einfach das Gesicht lang, obwohl es nicht so wirkt; das wellige braune Haar ist schütter, dabei ist es dicht, bei gewissen Kopfbewegungen fällt es nur wie schütteres Haar; die Stimme ist leise, ja fast dünn, dabei dröhnt sie manchmal regelrecht; der Blick aus den großen grünbraunen Augen ist einfältig, dabei blitzt es oft blitzgescheit hinter den dünnen Brillengläsern hervor; er fragt, meist wie beiläufig, dabei weiß er; er erlebt Geschichten, oft die abenteuerlichsten, wie etwa Kilimandscharo-Besteigungen oder ein Angriff dahinbrausender Nashörner in irgendeiner unwegsamen Gegend in Afrika, auf einer Safari oder so, dabei erfindet er; er erfindet, dabei gibt er nur, verschlüsselt, eigene Erfahrungen preis. Man könnte hier immer weiter fortfahren. Vielleicht gilt dies auch für die Sandkastenstory – wiewohl sie wie ein zwar etwas bizarres, aber sonst geläufiges Gleichnis für Lebensverweigerung wirkt. Meine eigene Geschichte ist da viel vertrackter – und könnte durchaus als ein ebensolches Beispiel gelesen werden. Man kann Leben auch durch Lebhaftigkeit verweigern. Wer viel reist, ist oft wenig herumgekommen.

Zunächst hatte ich die abenteuerlichsten Vermutungen über die Gründe, die Ernst geradewegs in unser Gefängnis und in meine Zelle führten. Auf eine Verbindung zu unserem Unternehmen und zu meiner Frau wäre ich allerdings niemals gekommen. Schließlich beließen sie ihn selbst dann noch bei mir, als sie mir alle anderen Verbindungen zur Außenwelt kappten. Erst aufs Land durfte er nicht mehr mit. Er war es denn auch, der mich sofort, nachdem die Tageszeitungen ausblieben, aufs Ausgiebigste mit Büchern versorgte. An Sorgfalt stand er dabei der Ehefrau des Einsiedlers kaum nach. Einen Holzkasten brachte er allerdings nie.

Vielleicht ist er ein Filmschauspieler, dachte ich, der sich auf diese Weise, gewissermaßen vor Ort, auf eine neue Rolle vorbereitet. Das ist ja Mode heutzutage. Allerdings konnte ich mir dann immer noch nicht recht zusammenreimen, warum er sich ausgerechnet bei und mit *mir* so ausführlich vorbereitete, gab es doch bestimmt in diesem großen Gefängnis weitaus interessantere Fälle als einen simplen Mord, dessen einzige Verwinkelung das fehlende Geständnis des Täters war. Zwar habe er tatsächlich eine Schauspielakademie durchlaufen, gab er auf entsprechende Fragen zurück, aber den Beruf habe er nie ausgeübt; nachher habe er vielmehr dies und das gemacht, sein Pianospiel an einer Jazzschule noch verbessert, in verschiedenen alternativen Restaurants und Kulturzentren mitgearbeitet und so weiter. Jetzt trage er sich mit dem Gedanken, Psychologie zu studieren. Daraufhin stellte ich mir natürlich vor, mein Fall erscheine ihm seelsorgerisch interessant. Wie auch immer – seine alternativen Allüren boten jedes Mal mannigfachen Anlass zu Gedankenaustausch. Bei diesem

Austausch von Gedanken blieb es allerdings nur selten, meist landeten wir bei Geschichten. Eben solchen Geschichten wie derjenigen, die ich eben nacherzählt habe. Die Schuldfrage, überhaupt der Verlauf der Untersuchungen, kam kaum zur Sprache. Dass Ernst eine Art Informant und Teil jener Organisation, welche sich um meine Befreiung kümmerte, ja vielleicht gar neben Elena deren Drahtzieher sein und überdies mit ihr jenes Verhältnis haben oder gehabt haben könnte, bei dem sie „einmal nicht aufgepasst hat", darauf wäre ich zuallerletzt gekommen. Aber eben, die Realität ist manchmal bei Weitem wendiger und kapriziöser als die kapriziöseste Erfindung.

Neben Ernst gab es eigentlich nur noch Martha, die keuchende Martha, die sich an Konstanz mit ihm messen konnte. Die anderen wechselten dauernd und ich nahm sie eigentlich nur als Uniformen oder Berufstrachten wahr, aus denen hin und wieder ein anderer Kopf ragte. Uniformierte sind schon etwas Eigenartiges. Man kann sich kaum vorstellen, wie sie essen oder lachen, noch weniger, wie sie scherzen oder küssen oder um eine Frau oder einen Mann werben, schon gar nicht, wie sie nach erfolgreicher Werbung mit ihrer Liebsten – na ja … Und doch haben sie Kinder, Familien, alles, was sich gehört. Ist das, was man sich so denkt oder eben nicht denkt, einfach eine Wirkung der Kleider, die auch diese Leute machen?

Martha, wie gesagt neben Ernst das einzige Individuum, die einzige Besondere aus dieser Garde, ist allerdings wesentlich schneller erzählt als er. Ihre Individualität beschränkte sich nämlich einzig darauf, dass sie keuchte und mehr schwitzte als alle anderen, dass sie sehr um meine Gesundheit besorgt war, meinen morgendlichen

Raucherhusten mit einem Katarrh verwechselte, hinter jedem Anflug von Schnupfen eine Grippe witterte, dass sie, kurz gesagt, mir mit ihrer etwas schwülstigen mütterlichen Fürsorge einiges Wohlwollen zeigte. Sie hat übrigens eine überraschend hübsche Tochter, die auch im Gefängnis arbeitet. Beide wurden bereits bei der großen Razzia gegen mich durch rotierende Masse ersetzt.

Womit ich bei „etwas Gefängnisalltag" (Punkt drei) angelangt bin. Der ist tatsächlich monoton. Der ganze Widersinn über Jahre hinweg eingetakteter Stückelungen und Riten eines Geschäftslebens tritt schonungslos zutage. Man hastet, wo es doch nichts zu hasten gibt, man rennt, wo doch nur ein paar wenige Meter zu durchmessen sind, man schlingt das Essen hinunter, obwohl es dadurch weder mehr wird noch Gefahr besteht, dass es einem weggegessen wird.

Ab und zu hatte ich das Vergnügen mit dem rührigen Duo Staatsanwalt und Untersuchungsrichter. Natürlich trat auch mein Verteidiger auf den Plan. Es handelte sich hierbei um einen wohlproportionierten, großen, ruhigen, distinguierten Herrn, der stets ausgesucht sorgfältig gekleidet war. Immer waren die Grautöne der Anzüge dezent, immer stimmte alles, bis hin zur Krawattennadel. Sein Gesicht, das nur von wenig mehr als einem wahrscheinlich dunkelblonden Bürstenschnitt umrahmt war, glich einem Käse mit zwei dunstigen Löchern drin. Es trat einem gleichsam mit einem Nullausdruck entgegen, welcher sich aber blitzschnell modellierte, sobald dem Antlitz mehr Funktion zukam, als nur da zu sein. Seine Sprechweise war plätschernd geläufig, die Stimme ein tiefer Tenor. Er schien mir kompetent, setzte mir schlicht und sachlich auseinander, dass ein Freispruch nicht „drinliege". Das Einzige, was man versuchen könne, sei an der Zurechnungsfähigkeit zu „knabbern". Mein fehlendes Gedächtnis sei da ein „Trumpf". Teilweise oder ganz fehlende Zurechnungsfähigkeit führe am Knast vorbei hin zu einer Maßnahme, als da etwa seien Einweisung in eine psychiatrische Anstalt oder Ähnliches (was ja dann auch tatsächlich geschah – wozu all die Umwege, die Elena ebenfalls ins Gefängnis und unsere ganze Firma in Misskredit brachten!). Allerdings müsse er, um Derartiges glaubhaft zu machen, eine psychiatrische Untersuchung beantragen, welche, wie er wohl wisse, auch Peinlichkeiten für mich mit sich bringe und so gut wie sicher mehr und anderes zutage fördere, als er brauche.

Der Psychiater ließ nicht lange auf sich warten: Zwei Tage später kam ein junger bärtiger brünetter Typ zu mir in die Zelle, dem ich ohne Weiteres geglaubt hätte, wenn er mir weisgemacht hätte, er habe noch nicht lange mit dem Studium begonnen. Dabei hatte er bereits deren zwei absolviert, war also, da auch Arzt, tatsächlich Psychiater. So jung war er demnach auch nicht mehr. Er hieß mich, mich aufs Bett zu legen, setzte sich selber, von mir abgewendet, auf den Stuhl. Diese Anordnung war mir dumpf irgendwie bekannt; als Kind bin ich, glaube ich, für irgendeine Untersuchung bei einem weiß bekittelten älteren Herrn gewesen, der sich ähnlich gebärdete. Und schließlich muss man ja wirklich kein Psychologe sein, um zu wissen, dass diese Architektur von Freud herrührt; das assoziative Gedankenspiel des Patienten soll so wenig wie möglich durch sichtbare Regungen des Analytikers gestört werden. Mich störte aber schon damals eindeutig dieses

An-die-leere-Wand-Sprechen mit unverhofft erwachenden Fragen aus einem unbestimmten Hintergrund. Trotzdem hätten unsere etwas über zehn Sitzungen „einiges über die Beziehung zu Ihrer Frau" zutage gefördert. Genauer wollte der Seelenarzt nicht werden, aber das Modell ist doch, wie in einem früheren Text bereits angetönt, wenn ich nicht irre, reichlich simpel: Stellvertretend für meine Frau, die mir zwar eine Menge Frustration und Aggression verursacht haben soll, der etwas anzutun mich aber Hemmungen von diamantener Verwindungssteife hindern, soll ich diesen Jugendlichen umgelegt haben. Energieabfuhr an einen Platzhalter – und alles geht auf. Es ging denn auch fürs Gericht auf und ich bin überzeugt, es wäre ohne Elenas Manipulations- und Bestechungsversuche noch viel besser aufgegangen. Auch ohne Staranwalt, da das städtische Gericht beim Urteil viel weniger auf der Hut gewesen wäre als das nach einem aufgeflogenen Skandal so unverhofft mit einem einfachen Fall, aber einem großen Fisch bestückte Gericht des Landdistrikts. Vielleicht wäre ich sogar noch ohne bedingte Strafe davongekommen. Durch dieses schlanke Konstrukt ließ sich ja gleichzeitig auch meine lang anhaltende Amnesie so wunderbar einleuchtend erklären. Die Strategie der Verteidigung hat sich denn auch durch die, für mich ja völlig überraschende, Gerichts- und Anwaltsrochade nicht wesentlich geändert.

Wie gesagt: Nach etwas über zehn Mal blieb der Seelenstürmer aus und es kam wieder nur der Verteidiger. Das Material sei ausreichend, meinte dieser, sagte aber nicht wofür. Mich überraschte schon Ersteres, war ich doch auch während der psychiatrischen Sitzungen stets recht einsilbig gewesen und damit alles andere als ein guter Pfadfinder,

der der Laterne des Schauers den Weg hinab in die Klüfte meiner seelischen Untergründe gewiesen hätte.

Sonst erholte ich mich nach dem ersten Eingewöhnen und nach dem Abklingen der „Entzugserscheinungen" infolge des Ausbleibens von Alkohol recht gut. Manchmal war ich richtig froh, durch die dicken Mauern vor der Geschäftigkeit geschützt zu sein, vor der es sonst kein Entrinnen gibt. Einmal nur noch gab es – vor unserem hausgemachten Skandal – noch eine größere Aufregung. Eine große Tageszeitung hatte eine Reportage über meinen Fall gebracht und dabei Verbindungen zwischen mir oder unserer Firma und der Familie des Opfers unterstellt, die darauf hinausliefen, dass da jemand mundtot hätte gemacht werden sollen, „omertà", wie bei der Mafia. Hätten sie uns Finanzschiebereien unterstellen oder welche aufdecken wollen, die nicht ganz lupenrein sind, so wäre ihnen das ja nicht zu verargen gewesen. Material hiefür ließe sich bestimmt leicht finden und ich habe nicht vor, mich als Saubermann zu profilieren – beziehungsweise habe das jetzt nicht mehr nötig, wo doch unsere Firma ohnehin schon in Verruf geraten ist. Wenn aber jemand einer schuldlosen Familie geradezu mafiöse Umtriebe unterstellte, so war das sogar für einen zu viel, der damals noch nicht einmal weit genug war, auch nur zuzugeben, dass er überhaupt etwas mit dieser Familie zu tun hatte. Es galt, geschaffene Wirklichkeit nachträglich wieder aufzulösen oder zumindest der neuen Wirklichkeit, die von der Darstellung abstrahlte, etwas entgegenzusetzen. Untermauert wurden die Thesen des Blattes noch durch Fotos, die man – ich weiß nicht woher – von mir und der Schwester des Opfers nach dem Begräbnis geschossen hatte, während sie mich küsste. Fazit: Nicht nur gilt es, dunkle Machenschaften zu vertuschen, nein, der Kerl von Mörderdirektor hat auch noch ein Verhältnis mit der Schwester seines Opfers!

Unverzüglich bereitete ich eine Erklärung vor. Dann bestellte ich einen Journalisten der fraglichen Zeitung zu mir (die Gefängnisinstanzen billigten damals noch alles anstandslos). Eigentlich hatte ich nur im Sinn, ihm das Blatt zu übergeben und fertig, doch ich hatte nicht mit der Aufdringlichkeit des heutigen Journalismus gerechnet (wie konnte ich nur, als „erfahrener Direktorfuchs"!). Der Pressemann – es war eine Frau – erschien eines Morgens, und noch bevor ich ihr meinen Wisch übergeben konnte, zückte sie auch schon ihre motorisierte Kamera und schoss Bilder. Zwischendurch stellte sie Fragen, auf die ich zwar nicht einging, deren – natürlich lapidare – Beantwortung ich aber nachher trotzdem im ganzseitigen Beitrag nachlesen konnte. Sie, eine kräftige junge Person übrigens, war vielleicht gut fünf Minuten bei mir. Meine Erklärung nahm sie zwar mit und sie erschien denn auch im Wortlaut, aber so angeordnet, dass sie mich und Yvonne Z. nur noch mehr anklagte. Tenor: Der Mörder ist nicht nur Mörder, sondern auch noch mörderisch kaltblütig und obendrein uneinsichtig!

Ich kann ja die Presseleute verstehen, sie tun doch nur ihre Pflicht, fast immer gestresst. Und Sensationen müssen nun mal immer härter gefahren werden, um, vor allem im Wettbewerb mit den elektronischen Medien, in größere Auflagen und damit Umsätze umzuschlagen. Aber so maßlos aufgeregt wie damals habe ich mich schon lange nicht mehr! Aufgeregt einerseits über mich, dass ich nicht gemerkt hatte, wie ich da einem Blatt eine Chance, einen unverhofften Primeur zugespielt hatte, und aufgeregt über die Folgen natürlich. Unverzüglich übergab ich deshalb „die Akten" meinem Verteidiger. Der erwirkte auch recht schleunig ein Urteil. Die Zeitung widersetzte sich zwar nicht stark, musste auch zahlen und eine Berichtigung drucken, war aber dennoch der lachende Dritte. Exklusiv sozusagen. Und der Schaden war – und bleibt – angerichtet.

– 6 –

Zeit in drei Varianten:
Zunächst die Zeit des Firmendirektors: Sie existiert
nicht oder nur als absurdes Zerr- oder Vexierbild von etwas,
das eigentlich ohne Bild sein sollte und nur in einem eigenartigen Zwischenraum zwischen Vorstellung und Gedanken zu vegetieren vermag. Bedingung a priori oder so etwas
hat das glaube ich einmal ein Philosoph genannt. Wenn's
mir recht ist, gerade jener Kant, den auch unsere Sandkas-
tenleseratte studiert hat, unter anderem, neben Kochbuch,
Schundblatt und so weiter. Die Zeit des Direktors ist schon
gewesen, bevor sie gewesen sein wird, demzufolge schon
nicht mehr wahr, bevor sie ihn als Wirklichkeit besucht.
Ziele sind zwar zum Erreichen, aber ebenso zum Vergessen
da, denn ein erreichtes Ziel ist kein Ziel mehr, ist nicht
einmal mehr als Etappe so richtig gültig – als solche bestenfalls noch in den Jahresberichten für die Aktionäre und
für die Presse.

Zeit in ihrem Umguss in Erfahrbares wie Morgen und
Abend, Nacht und Mittag, Sommer und Winter, Früh-
jahr und Herbst, sie wird für den düsenstrahlgetriebenen
Weltenbummler zur Farce. Er kann sie bestenfalls noch in
Raten genießen, erlebt er doch einmal in den Tropen nur
Feuchtigkeit und Hitze oder sengende Trockenheit, ein an-
dermal südlich oder nördlich des Äquators ein klitzekleines

Stückchen Sommer-Winter-Herbst-Frühjahr, und zwar die Gegensatzpaare oft unmittelbar hintereinander. Zwar trägt auch stationärerer Lebenswandel Anflüge dieser Hektik an einen heran, schließlich gerät die ganze Weltwetterlogik in den letzten Jahrzehnten immer mehr aus den Fugen, und nicht nur dort, wo sie noch intakt ist, geben Sesshaftere Jahr für Jahr viel und immer mehr Geld aus für solche „unlogischen" Schocks, aber die direktorialen Exzesse erleben sie trotz allem nicht. Bei diesen gilt ja auch der Tag nicht mehr: Zeitzonenverschiebungen schaffen 30-Stunden-Tage, 15-Stunden-Tage, willkürlich, scheint einem – dabei hat das Reisemanagement doch alles schön präzise geplant, vielleicht sogar ein paar Stunden, um den Jetlag zu meistern. Einzig dass die Sonne im Westen aufgeht und im Osten unter, das hat bisher noch kein moderner Zeitzernichter fertiggebracht.

Die Uhr gibt es zwar auch am Handgelenk eines Direktors, aber sie ist Prestigeobjekt und glänzt in seinen Status hinein. Der ruckende Sekundenzeiger ruckt nicht, und die Daten, die das Zifferblatt vielleicht in sehr reichlichem Maße liefert, sind nicht von anderer Natur als zum Beispiel jene über Erträge oder Betriebskapazitäten. Möglicherweise arbeitet er sogar mit einem Time-System oder wie sonst all die Manager-Agenden heißen, aber diese mehr oder weniger raffinierten Einteilungshilfen für Stunden und Minuten sind noch mehr bloßes Arbeitsgerät und stehen niemals für eine der grundlegenden Voraussetzungen jeglichen Werdens. Schon gar nicht meinen sie Abschnitte des Lebens. Leben ist nichts – Leben allein; es gilt einzig als Funktion im Wirtschaftsgeschehen, und könnte er es, würde der Direktor sich über den eigenen Tod wundern, besonders, wenn der unverhofft mitten in fiebriges Geschehen hineinplatzte. Organische Substanz lässt er nur dort gelten, wo anorganische nicht mehr hinreicht, beziehungsweise als Anstifter der technologischen Eigendynamik – ein System scheint mir nicht undenkbar, wo des Menschen Geschöpfe sich selber erschaffen, wo der Mensch selbst also überflüssig wird. „Gottes Ebenbild", als Maschinengott wirkend, erlöst sich von sich selber und, da erst recht als Erlöser fast nur noch bald überflüssige Funktion, muss es nun krampfhaft jene kümmerlichen Überreste seelischer Bestandteile zusammenkratzen, die nötig sind, um Liebe oder Hass, Glück oder Trauer zu empfinden, will es dennoch weiterleben. Gelingt ihm dies nicht oder findet es an Seele nicht mehr genug vor, so zerbricht die Brücke zwischen *seinem* Schöpfer und dem Geschaffenen; ein allfälliger Gott liefe dann Gefahr, ohne sein Ebenbildgeschöpf, gleichsam nur mit Geschöpfen dieses Geschöpfes, zurückzubleiben – Geschöpfen, die ihm leicht mehr Wucherung sein könnten als die ärgsten Krankheiten, welche er zur Bestrafung der menschlichen Missetäter in seinen heiligen Schriften androht. Eine wohl auch für einen Allmächtigen trostlose Vorstellung – falls denn Vorstellungen überhaupt seine Sache sind. Und sind sie es nicht, ja gibt es ihn selbst nicht, so ändert das an der Trostlosigkeit nicht viel. Vielleicht kann und soll eine Gottheit trotz all der Schriften, die sich anders äußern, eben doch nicht viel mehr als eine tierische Gottheit sein, wie das in manchen afrikanischen oder asiatischen Religionen ja tatsächlich noch immer der Fall ist …

Die Zeit des Filmendirektors in Haft: Zunächst eckt sie, wie schon im allerersten Text, den ich hier schrieb, erwähnt, an den engen Wänden der neuen Bleibe an. Dann beginnt sich die Solidität von so etwas wie einer neuen Ordnung zu installieren – die dem Direktor natürlich vorerst als Zwang, als der Wirklichkeit, zumindest jener, die zählt, aufgepfropft vorkommen muss. Vielleicht ist sie es ja auch. Der Sekundenzeiger ruckt plötzlich, und die Jahreszeit, der Tag, Stunden, ja Minuten bekommen ihre Gültigkeit. Ihre lähmende, ätzende Gültigkeit. Jedes Windchen hört, ja spürt er. Die Stimmen der Vögel sind nicht mehr einfach Gezwitscher, das er früher nicht einmal als solches wahrgenommen hatte, sondern werden einzelne Stimmen, auch wenn er die Kehlen noch nicht benennen kann, zu denen sie gehören. Personen werden zu Menschen, Menschen zu gewichtigen Teilen des inneren Erlebens. Zeit wird nicht mehr konstruiert, sondern erduldet, erst viel später genossen.

Die Zeit des haftentlassenen, psychisch beschädigten, weitgehend schuldunfähigen und doch schuldigen Direktors: Auch hier ruckt der Sekundenzeiger, aber sein Rucken wird zum Gegenstand umfangreicher Analysen (während derer er natürlich unbeobachtet bleibt, womit wir wieder nahe bei der ersten Phase wären). Um Zeit wie Zeitlosigkeit zu ergründen ist keine Zeit zu viel – sollte auch einer ob all dieser langen Zeit es wagen, das Zeitliche zu segnen. Vor lauter Ergründen läuft sie leicht davon, läuft wieder Gefahr, zu einem absurden Spektakel zu werden, denn auch Leben, das nur gelebt wird, um mit gelebtem Leben zurechtzukommen, ist gelebtes Leben – oder zumindest verbrachte Zeit.

7

24.08.1991

Sonderbar, wie schnell und wie leicht einem ein
Lebenswerk wie zum Beispiel eine Firma gleichgültig
wird. Aber gerade deshalb kann und will ich mich jetzt
damit beschäftigen. „Gleichgültig" ist eigentlich auch das
falsche Wort; alles ist einfach zurückgesunken, entrückt,
zählt heute nur noch als einst gelebter Hintergrund.

Angefangen hat alles, wie gesagt, unerhört klein, unerhört lieblich, unerhört alternativromantisch. Der Laden,
ein Trödlerladen mit vielfältigem Angebot, durchaus nicht
nur Trödlerware. Das Haus: winzig inmitten der riesigen
Großstadtzigarren. Auf dem Land hätte es vielleicht großzü-
gig gewirkt oder doch zumindest ansehnlich. Die Kunden:
buntscheckig, von bärtig-langhaarig bis zu bürstenschnittig-
hartgesichtig, von verfilzt-strähnig und ungesund-dünnhäu-
tig bis zu gepflegt-geschminkt bis aufs kleinste Härchen und
den letzten mikroskopischen Strich, kurzrockig, zerknittert-
schmuddelig, glattgebügelt-mehrteilig, umhängig-locker-
weit. Allerdings nahm auch das Hartgesicht einen weiche-
ren, gleichgültig-lässigeren Ton an, wenn es zu uns kam, und
selbst die reichlich dekorierte mondäne Dame duzte. Der
Ton war derjenige der Befreiten, der vom Zug Gestiegenen.
Man verstand sich, man war sich einig.

Einige blieben auch ein wenig länger, auf ein Glas Bier
oder Wein oder einen unserer Drinks, aßen vielleicht ein

87

paar unserer wirklich leckeren kleinen Happen. Aus ihnen bildete sich unsere Gruppe. Das Grüppchen jener geläuterten Philosophen, jener Weltenretter.

Dazu gehörtest auch du, Enzo. Du mit deinen riesengroßen dunklen Tellern von Augen. Fast schwarz waren sie. Schwärzer noch durch deinen hellen Teint, und man verstand fast nicht, wie Gene es fertigbrachten, solch krasse Gegensätze in ein und dieselbe Erscheinung hineinzubefehlen. Woher holten sie nur die borstigen Augenbrauen, das dichte, fast struppige Haar – sonst war doch so vieles an dir fein, beinahe mädchenhaft. Doch auch dieser Eindruck hielt nicht vor, warst du doch kräftig, ja sogar zäh. Ein großer Redner warst du nicht, du hörtest aber immer derart aufmerksam zu, dass dieses Horchen fast wie Reden war. Deine Stimme war weich, deine Aussprache aber ungelenk, und wenn du schon mal etwas sagtest, so pflichtetest du meist nur einem von uns bei. Du konntest unglaublich viel trinken, ohne die geringsten Anzeichen von Belämmerung, und selbst dein Trinken nahm nur wahr, wer selber gerade nicht viel zu tun hatte und dir zuschaute, wie du unauffällig die Gläser wechseltest. Oder wer dir die Rechnung machte, die du immer fast unbesehen sogleich bezahltest. Alles geschah so nebenbei – wirklich alles.

Komisch, damals redeten wir tatsächlich von „viel zu tun haben". Dabei redeten wir ja nur. Redeten, tranken und rauchten. Du rauchtest nie – erst recht nicht Shit oder Gras. Du lachtest nur, lachtest in dich hinein, lachtest über den heiligen Ernst, mit welchem wir einander die ach so großartigen Erkenntnisse unserer chemisch behandelten „Scheiben" säuselnd, kräuselnd und wölkelnd zuwarfen. Wie kleine Kinder, die den Ball zum ersten Mal als etwas entdecken, das man sich zuspielen kann. Dafür duftetest du umso mehr, und zwar nicht nach ätherisch-mulmiger Süße, sondern nach einem nicht ganz billigen, herb-männlichen Eau de Cologne.

Aber wieso schreibe ich von dir? Rede dich an, als ob du mir gegenübersitzen würdest? Dich, den ich doch schon seit Jahren, ja bald zwei Jahrzehnten nicht mehr gesehen habe. Wo, Himmel, magst du wohl stecken? So etwas wie Karriere bahnte sich doch auch bei dir an damals. Wie und wo – das habe ich vergessen.

Es ist wirklich sonderbar: Je länger ich schreibe, desto stärker habe ich Leser, einen Leser im Nacken. Lange war mir das nicht bewusst. Dann tauchte dieses ungewisse Etwas von Beobachter auf, taute auf, begann zu tropfen, zu schmelzen – und plötzlich warst dieses Etwas du. Natürlich der damalige Du. Du lasest und würdest weiterlesen, du hattest gelesen – dir will ich gerecht werden. Dir, Enzo de Gregori aus irgendeinem Kaff in Südkalabrien. Wirklich absonderlich: Dir, dem wirklich alle Engel und Teufel gleichzeitig verrückt spielen müssten, solltest ausgerechnet du diese Zeilen tatsächlich lesen – blau oder schwarz auf weiß! Vielleicht ist es dein horchendes, duftendes Sagen, dein überwaches, stummes Urteil, das sich wie unter Umgehung der Sinne so tief in mein Inneres eingegraben hat, dass es sich nach all den Jahren wieder wie eine Blaupause meldet, an eine Oberfläche dringt, die ihm doch ganz und gar fremd ist. Was hätte sonst Derartiges im Kopf eines gescheiterten, schwer mordbeladenen Firmendirektors mit gerade im Umbau begriffener Seele zu suchen?!

Wie es zu dieser Oberfläche kam, das musst nun halt du dir anhören. Du als mein intimster Leser – ja als Leser überhaupt. Du als Idee des Lesenden – obgleich und gerade weil Phantom. Der im Sandkasten, den mir mein netter Wärter zur Verfügung gestellt hat, eignet sich nicht so recht; zu sehr hockt er mir, liegt er mir wie ein Süchtiger, wie ein Eigenbrötler auf. Gar nicht wie eine in einen Lufthauch von Erinnerung eingehüllte, geschmeidige Idee. Du hingegen bist geschmeidig, du stehst zu Diensten. Aber gerade deshalb darfst du mir nicht wirklich unter die Augen kommen, auf keinen Fall, hörst du! Nur ein Lufthauch erträgt die gröbste Banalität, hat unendlich Geduld und lässt sich, wenigstens auf Zeit, auch mal wegblasen …

Wieso eigentlich Elena damals überhaupt auf die Idee kam zu vergrößern, plötzlich die Stiefel zu wechseln, weiß ich auch heute noch nicht. Äußeren Anlass gab es kaum – aber Frauen wechseln die Stiefel ja nicht nur aus äußerem Anlass. Die wirtschaftlichen Rahmenbedingungen waren nämlich nicht sonderlich gut, als sie anfing mit dem Laden, und er florierte ja. Und sie waren eher besser, als sie sich entschloss zu expandieren. Argumente wie: Die Kleinen gehen über kurz oder lang eh unter, das siehst du rundherum, mochten ja allgemein gelten; für unser Geschäft wirkten sie reichlich gesucht. Auch als Kleinunternehmerin hatte Elena ja ihre stupende Wendigkeit mehr als einmal bewiesen. Dass sie von Anbeginn weg an eine Karriere à la American Dream gedacht hat, glaube ich hingegen nicht; der gewaltige, ja gewalttätige Erfolg hat auch sie überrumpelt. Schließlich wurde sie gerade zu der Zeit ja auch Mutter. Zwar gehört sie zu der Sorte Frauen, die eine Schwangerschaft richtig beflügelt, aber Patrick beanspruchte sie in der ersten Zeit schon sehr stark.

Und ich? – Ich half zwar auch zu Hause, wechselte die

eine oder andere Windel; aber die reife Leistung meiner so glücklichen Heirat, der so rasche und reibungslose Aufbau „meiner" Existenz nahm mich derart in Anspruch, und noch mehr für mich ein, dass ich dem kleinen Wicht wohl kein besonders vorteilhaft leuchtendes Beispiel abgegeben habe.

Ja, ungefähr damals – Patrick war noch sehr klein – eröffneten wir unsere erste Filiale. Das hast du, Enzo, glaube ich noch mitbekommen. Ja, hast du – du warst sogar einmal dort und unser neuer Keim hat dir überhaupt nicht gefallen. Trotz des Dekors war dir alles zu modern, zu geschniegelt, zu glatt. Auch mir ist heute noch schleierhaft, wie Elena gerade auf dieses Lokal kam. Sie teilte mir einfach eines Abends mit, wir würden eine Filiale eröffnen, alles sei schon arrangiert. Woher sie das Geld hatte, ob dafür gar ihr eigenes reichte, sagte sie mir nicht. Ich staunte. Staunte, wie selbstverständlich Elena dies alles gelang, wie beschlagen sie in betriebswirtschaftlichen wie juristischen Dingen war. Erst viel später hatten wir ja unsere Berater. Mit der Zeit beschäftigten wir einige Juristen und auch zwei, drei Experten in Betriebswirtschaft und -wissenschaft. Aber alle wichtigen Entscheidungen traf Elena auch dann höchstpersönlich – meist allein im stillen Kämmerlein ihres Direktionsbüros.

Nach diesem ersten Schritt gab eigentlich bald das eine das andere. Bald folgten weitere Zweigstellen. Dabei verschuldete Frau Müller uns manchmal so gefährlich, dass sogar mir, dem Bankierssohn, alle Haare zu Berge standen. Doch die Einsätze lohnten sich und lohnten sich, als wäre unser Erfolg gesetzlich vorgeschrieben. Ein Kasino würde bei einer solchen Glückssträhne eines einzigen Spielers bestimmt einstweilen dichtmachen und Roulettezylinder und Croupiers überprüfen. Sie lohnten sich und brachten sofort reichen Segen an nun wesentlich günstigeren Fremdmitteln ein. Worauf das Ganze immer noch schneller noch größer wurde, wie es sich gehört.

Dass Elena bei solchen Finanzierungsgeschäften ihre Reize als Frau gezielt eingesetzt hat, glaube ich nicht. Dennoch dürfte es ihrem meist männlichen Gegenüber nicht allzu schwer gefallen sein, dieser Frau einen Gefallen zu tun. Sogar mein Vater stieg irgendwann ein; allerdings erst, als er sich restlos überzeugt hatte, dass diese dunkelhäutige Frau wirklich tüchtig und dass sein abtrünniger Sohn sozusagen durch die Hintertür doch wieder in die von ihm gewünschten Stapfen getreten, der Apfel also doch nicht gar so weit vom Stamm gefallen war. Doch dann waren wir auf seine, zwar noch immer sehr willkommenen, günstigen Finanzspritzen in Form von Eigen- und Fremdkapital nicht mehr wirklich angewiesen.

Unser Rezept, unsere „Philosophie", ist eigentlich immer dieselbe geblieben. Sie ist alles andere als ausgesucht originell. Sie ist mehr oder weniger das, was auch du in unserem Laden als Atmosphäre kennengelernt hast. Nur haben wir es jenen Architekten gleichgetan, die ein Haus aushöhlen, „auskernen", wie man im Fachjargon sagt, und in den Schlund ein ganz anderes, neues einbauen, das lediglich die Fassade und die Abmessungen des alten übernimmt, sie sich gleichsam leiht. Ebenso sollten alle „James-Muller-Läden" – „Muller", nicht „Müller" oder „Miller" übrigens, weil uns Muller gleichzeitig weltläufig und nicht gar zu beliebig schien – wenn nicht klein, so doch überschaubar und nischenhaft zumindest scheinen, sich dadurch als Zuhause für möglichst viele gesellschaftliche Schichten und Gruppen eignen. Das Andere sollte für möglichst viele das Ihre werden; das Fremde zum Eigenen.

Zuerst überspannten wir den Bogen. Das merkten wir aber bald und richteten neben der James-Muller-Kette noch eine vornehmere Schiene, die „First Class Corner" ein – selbstverständlich in einer anderen Betriebsgesellschaft zusammengefasst. Eigene Produkte, die wir zu Beginn bei Fremden herstellen ließen, ergänzten zunächst das Angebot auf beiden Schienen, später dominierten sie es. Mit der Zeit übernahm Elena auch viele der Produktionsbetriebe. Sie wendete dabei ein System an, das so einfach ist wie solide: Zunächst beobachtete sie die Lieferfirmen genau; sobald unser Anteil am Gesamtumsatz namhaft wurde, spätestens wenn er mehr als die Hälfte ausmachte, erwarb sie Mehrheitsbeteiligungen oder zumindest Sperrminoritäten, wo immer möglich. Und möglich war das fast immer, denn wer ließ sich schon gern einen fetten Happen wie uns so leicht entgehen; schließlich sind Kunden und Eigenkapitalgeber in dieser Größenordnung nicht um die nächste Ecke zu haben. Dadurch fabrizierten wir mit der Zeit einen reichlich diversifizierten Konzern. Da die übernommenen oder dominierten Firmen oft ihrerseits wieder Gruppen waren, in ein paar Fällen sogar in Holdings zusammengefasst, kamen auch Hotels, Versicherungsgesellschaften, Finanzinstitute und so weiter hinzu. Es ist schon vorgekommen, dass ich nicht wusste, ob ich mich in einem Betrieb befand, der mit uns etwas zu tun hatte oder uns gar gehörte. Meist wussten es dann aber zum Glück die Betriebsleiter.

Selbstverständlich musste nach einigen Jahren auch

unsere eigene Holding her. Mit ihr wollten wir endlich die längst überfällige Kotierung an verschiedenen Börsen vollziehen. Aber für diese Gesellschaft, die Krönung unseres Wirkens, war unsere bisherige Bleibe nun doch endgültig nicht mehr gut genug. Wir wohnten ja immer noch in unserem angestammten Haus. Elena und ich hatten auch unsere Büros nach wie vor dort. Natürlich hatten wir längst in die uns umgebenden Zigarren expandiert, aber dadurch war das Ganze mit der Zeit hoffnungslos verwinkelt und unübersichtlich geworden – trotz modernster Büroelektronik. Wir machten uns also auf die Suche nach einem neuen Ort für den Hauptsitz. Gleichzeitig suchten wir einen passenden Namen für die brandneue Firma. Ersteren fand Elena nach ein paar Monaten mühelos. Wieso unbedingt in der etwa zwei Autostunden entfernten Hauptstadt, das hat mir nie so ganz einleuchten wollen. Beide Städte verfügen über einen internationalen Flughafen und so viel mehr Metropole ist F. nun auch wieder nicht – ganz abgesehen von der damals schon hoch entwickelten Bestückung der Welt mit Kabeln, satellitengestützten Frequenzbändern, verarbeitenden Prozessoren und zwar pfeifenden, aber (fast) alles, was man sie hieß, willig zeigenden Bildschirmen. Hinzu kam, dass der ältere Gebäudekomplex mit Wohnungen und ein paar Geschäftslokalen im Erdgeschoss, den Elena bereits erworben hatte, alles andere als repräsentativ war – Elenas erster Laden hätte allerdings sehr gut hingepasst. Aber hier, beim Hauptsitz, der ja obendrein noch anders heißen sollte, mussten, ja durften wir keinerlei Rücksicht auf unser Image, unsern Alternativ-Outfit nehmen. Natürlich wollte Elena alles sofort abreißen und durch Konformes ersetzen. Aber die Wohnhäuser waren mit Mietern noch voll besetzt. Tatsächlich formierte sich bald Widerstand, ja es gründete sich sogar ein Verein. Und damals schon ging mir durch den Kopf, dass wohl gerade wir, wir vom Stammtisch, damit wohl auch du, mein lieber stummer, duftender Enzo, an vorderster Front dort mit von der Partie gewesen wären. Wir hätten den „Kapitalisten" wohl wortreich (du reich an körperlich allgegenwärtigem wortlosem Beipflichten) der zynischen, gefühllosen, profitgierigen Härte, der schamlosen Menschenverachtung, kurz, der Ausbeutung bezichtigt. Vielleicht hätten wir sogar unsere Namen für irgendein Protestflugblatt oder irgendeine Eingabe hergegeben.

Aber wie schnell man doch die Seite wechselt! Mehr als zwei, drei Mal durch den Kopf ging mir das nämlich nicht. Mitunter fragte ich vielleicht noch Elena, ob man nicht „das harte Schicksal der Betroffenen" mildern könnte; doch dafür hatte sie längst schon gesorgt. Fast allen Mietern hatte sie nämlich neue Bleiben verschafft, die nicht nur kaum mehr kosteten, sondern auch noch geräumiger waren. Damit war alles wieder im Lot und nur ein paar Idealisten blieben zurück (zu denen wohl wiederum auch wir gehört hätten!). Völlig zu Recht argumentierten die mit Denkmalschutzbestimmungen und gesetzlich vorgeschriebenen Wohnanteilen, um den historischen Wert der Bausubstanz zu schützen. Doch was hat in gegenwärtige Schutzbestimmungen gegossene Vergangenheit gegen ein aufstrebendes, finanzkräftiges, international tätiges Unternehmen auszurichten? Ob Elena schmierte oder einfach einmal mehr ihren Charme spielen ließ, weiß ich nicht; jedenfalls erhielten wir die in erheblichem Umfange notwendigen Ausnahmebewilligungen ohne große Schwierigkeiten. Unser Klotz, das Antlitz unserer neuen Geltung, konnte also entstehen.

Mit dem Namen freilich haperte es für einmal auch bei meiner Gattin. Dass hier eine klare Trennung zwischen unseren Läden und der Mutterholding vollzogen werden sollte und deshalb „Muller" out war, darüber wurden wir uns schnell einig. Nur fanden wir so schnell keinen Namen, der uns beiden gefiel (ganz anders als bei unserem Sohn: da war Patrick schnell beschlossen; ein Mädchen hätte Barbara geheißen – vielleicht darf dieser Name jetzt, bei Patricks Halbgeschwister, zum Zug kommen). Zunächst versuchten wir es mit Phantasiebezeichnungen wie etwa „BOXTROTT AG" oder „TAO AG", doch gefiel uns das Erste schon nach dem zweiten Tag nicht mehr und das Zweite war uns denn doch zu chinesisch – auch wenn wir dem Wort „Weg" durchaus Sinn abgewinnen konnten. Daraufhin experimentierten wir mit Kombinationen mit einem unserer Vornamen, und da meiner – wie stolz war ich doch damals gewesen! – schon in unseren Filialen versorgt war, kam nur noch „Elena" für unser neues Identkit in Frage. Anfangs kamen wir auf „ELOSEX" – so viel wie „Elena's Sales Expedition" –, doch aus offensichtlichen Gründen taugte diese Bezeichnung nicht. Schließlich einigten wir uns auf „ELOTEX", was man zur Not doch noch als „Elena's Trade Expedition" deuten kann. Der Grafiker war zufrieden und sein Signet stand fortan unter anderem für meine internationale Heimatlosigkeit.

Unsere neue Heimat wuchs derweil trotzdem ungehindert heran – auch die häusliche. Wir hatten nämlich beschlossen, gleichsam rittlings auf unserem Werk zu thronen. Natürlich nahm die Baute, die dieses „Werk" verkörperte, je mehr man sie zum Ausdruck unserer persönlichen Errungenschaften formte, die Züge eines x-beliebigen Repräsentationsbaus an: glatte, geschliffene Fassaden, eine teure Plastik oder Verzierung hier und dort, eine interessante, besprechenswerte architektonische Lösung im einen oder andern Winkel. Am Anfang war sie selbstverständlich viel zu groß, wir ersoffen beinahe darin. Heute - das heißt kurz vor meiner Inhaftierung – redete man schon von einer Erweiterung; vorsichtshalber hatte man bereits früher nach und nach einige umliegende Grundstücke hinzugekauft – alles ganz frei nach gewöhnlicher Wirtschaftswunderstory. Das einzige wirklich Besondere war und blieb unsere Wohnung. Auf dem Dach des eigenen Firmenhauptsitzes wohnt kaum ein Chef. Aus der Luft muss sich das ja eigenartig ausnehmen. Zwar ist unsere Wohnung alles andere als klein; aber im Vergleich zu der riesigen Fläche rundherum ist sie dennoch ein Hüttchen – ein grandioser Bungalow auf falscher Höhe sozusagen. Noch eigenartiger freilich müssen die Beete, Plantagen und Rasen und der Swimmingpool anmuten; Angela, unsere Hausangestellte, hievt – hievte?, was weiß ich über die dortige Gegenwart – denn auch fast mehr Dünger aufs Dach als gekauftes Gemüse in die Küche. Erstaunlich ist, wie gut Bäumchen – sogar ein paar Apfelbäume sind darunter – dort oben gedeihen.

Erstaunlich ist auch, wie zu grenzenloser Anonymität wird, worauf man sitzt – als ob man vergisst, dass ein Polster harten Grund dämpft. Bei manchem Gesicht, das mir geläufig ist, könnte ich beim besten Willen nicht sagen, ob es einem Mitarbeiter gehört oder einem Geschäftspartner oder Freund, und es wäre ein Leichtes, mir völlig unbekannte Mitarbeiter des Stammhauses gegenüberzustellen, auf deren Dienste ich täglich angewiesen bin. Bis auf die Ebene der Abteilungsleiter hinunter reicht meine zuverlässige Kenntnis der Konterfeis gerade noch; aber schon bei den Namen hört's bald einmal auf. Die Umrisse eines Stellenprofils tauchen ohnehin vornehmlich dann aus dem Untergrund auf, wenn etwas nicht oder schlecht funktioniert. Vergleichbar etwa dem Los eines Orchestermusikers: Auch er fällt vor allem auf, wenn er nicht tut, was die Noten und der Stab des Regenten gebieten.

Der Rest der Geschichte ist langweilig. Schlicht American Dream eben. Auch die Folgen für mich sind absolute Dutzendware. Kennst du sie etwa nicht, Enzo? Zwar glaube ich nicht, dass du mir auf die Überholspur gefolgt bist, trotz entsprechender Ansätze. Soll ich das gar zu deinen Gunsten hoffen? Aber weißt du, hier in der Psychiatrischen, hier weißt du, je länger, je weniger, was du hoffen sollst. Du hast nur noch zu wissen, zu erkennen, dass diese Open-End-Strategie dazu da ist, dich zu einem wenn auch beweglichen, so doch im Wesentlichen ausgeglichenen oder zumindest gut abgepufferten Seelenleben hinzuführen. Und dafür, dass meines mitnichten ausgeglichen oder gepuffert war, ist ja mein Mord weiß Gott Beweis genug. Noch mehr mein beharrliches Vergessen danach.

Deshalb picke ich nur noch zwei, drei Einzelheiten heraus. Zunächst das Fliegen. Eigenartigerweise hat es nämlich mit einem Gefängnisaufenthalt mehr gemein als man denkt. Nicht nur, weil man an beiden Orten eingesperrt ist. Nicht nur, weil an beiden Orten weitgehend andere bestimmen, was geschieht, wobei man beim Fliegen immerhin noch die Destination gewählt hat. Nicht nur, weil man an beiden Orten kopfhörergestützt stereophones Gesäusel zu sich nehmen kann. Übrigens: Kannst *du* dir all die Musiker, den Dirigenten vorstellen, die diese Kilometerklänge ab der Stange produzieren? Die Tontechniker, die Arrangeure, die Soundmixer an den Synthesizern und Samplern, das passt leicht ins Bild; aber dass einmal lebendige Musiker diese Dinger eingespielt haben sollen, vor denen ein fuchtelnder, fratzenschneidender Partiturathlet steht ... Gibt es denn wirklich auch heute noch keine Komponisten auf Knopfdruck?

Das Fliegen, sagte ich – ja, vom Fliegen redete ich. Dieses Eingesperrtsein, es hat etwas – etwas Befreiendes. Wie das Gefängnis. Das Fliegen, zumindest das Linienfliegen, ist ja heute nicht mehr Fliegen, sondern nicht viel mehr als Ortsverschiebung. Die acht bis zwölf Kilometer Entfernung zum Boden würden höchstens bei einer Panne, einem Absturz drastische Realität. Sonst schaffen sie nur Plattitüde, außer bei hohen Gebirgen nahezu topfebene Bedeutungslosigkeit. Das Essen, die Filme, die Durchsagen der Crew und des Piloten, dass der Nachbar stinkt oder der Übernächste trotz allem noch nervös ist, all das prägt die Stunden irgendwo weit einschneidender als die Alpen, der Ozean, ja gar der Mount Everest. Einmal saß neben mir ein Pärchen, welches die gerissene Idee gehabt hatte, auf die Bahamas heiraten zu gehen. Nein, nicht auf die Hochzeitsreise – heiraten! Konnten kein Englisch, aber das, insbesondere das Übersetzen der Akten, aber auch das mit der Kirche und dem Priester, das hatten die vom Reisebüro geregelt. „AUF DEN BAHAMAS IST ES BESSER" stand in Riesenlettern auf dem T Shirt des Burschen. Aufgeregt, furchtbar aufgeregt waren sie alle beide. Irgendwann eilte die Noch-nicht-Ehefrau in den Hinterteil des Großraum-rumpfes, um die Trauzeugen zu besuchen. Dabei lernte sie einen charmanten älteren Herrn aus Florida kennen, der sie sogleich auf nächstes Jahr in seinen Bungalow am Meer einlud. Natürlich waren beide begeistert und wollten einander nun noch viel mehr heiraten, und wenn sie nicht geschieden sind, so leben sie noch heute in Eintracht zusammen, wahrscheinlich gesegnet mit zwei, drei allerliebsten Kinderlein, auch sie in verblüffend-originell und riesig beschrifteten T-Shirts ... Man sieht, auch andere können's – nicht nur James Muller!

Enzo – bist *du* eigentlich verheiratet?

Für solcherlei Beobachtungen hat man eben auch als Geschäftsmann im Flugzeug Zeit. Zeit und jenen sicheren Panzer, der vor jeglicher äußeren Einwirkung schützt. Ist es denn so selbstverständlich, dass Gefängnismauern nur einengen und verbieten? Der Mutterschoß, eine unserer Ursehnsüchte – wie schnell man das in der Zelle oder wenigstens in der Psychiatrischen, wo man die Zelle in jedes einzelne Körnchen ihres Kunststoffabriebs zerlegt, wieder merkt. Oder der Sandkasten? – Ach, von der weißt du ja noch gar nichts, von dieser skurrilen Geschichte. Blättere einfach ein paar Seiten zurück, mein lieber fiktiver und doch so wirklicher Enzo-Leser, und auch du wirst ihn kennenlernen, unseren fleißigen Sandkastenleserätterich. Ein lebender Gartenzwerg als körniges Planspiel, Literatur pur in Sandfarbe gebettet. Parallelen zu meinem Kabäuschen unter des Staates Fittichen sind rein zufällig; besonders rein zufällig waren sie nach dem Informationsstopp, als mich Ernst, der Geschichtenerzählerwärter, so lange aufs Aufmerksamste mit Büchern versorgte, bis auch er enttarnt wurde. Das war ja vielleicht ein Komplott! Wie konnte Elena, meine raffinierte Elena sich auch nur so peinlich verrennen?! Immer und immer wieder muss ich mich das fragen.

Weniger augenfällig sind Sandkastenparallelen zum Direktordasein. Doch ist auch dies oft nicht viel mehr als ein Planspiel. Mehr als man denkt – oder eben gerade so viel, wie das Klischee will; eine pausenlose Abfolge von Rollen, bei denen sozusagen die eine der anderen die Türklinke in die Hand drückt. Meist fehlen allerdings selbst Türen. Der Unterschied zum geschichtlichen Sandkastengeneral besteht selbstverständlich darin, dass dieser sich seine Rolle als wahlloser Buchstabenverschlinger selbst ausgewählt hat. Allerdings wurde auch er gegen Ende seines Lebens in verschiedene Parts geschoben, und nimmt man das Ganze nicht nur als Gleichnis und fügt noch etwas Psychologie hinzu, so wird immer fraglicher, ob schon beim sandigen Entschluss so gar sehr viel eigener Wille mit im Spiel gewesen war.

Damit komme ich zu zwei, drei eigenen Rollenspielen, direktorialen und damit bestimmt unfreiwilligen. Sie passen – ja, sie passen auch zum Sand.

Erste Situation: Einmal, in New York, in Manhattan war das, glaube ich, ging ich hinter einem dieser allgegenwärtigen Straßenmusikanten her, einem jungen Gitarristen. Schwarzer Koffer, breitkrempiger, ebenfalls schwarzer Hut, etwas fettiges braunes Haar darunter, selbstverständlich bärtig, Kittel und Jeans einst ebenfalls schwarz. Plötzlich bleibt der Kerl stehen, legt sorgfältig seinen Koffer aufs Pflaster, streut ein paar Münzen ins wie gewaschen leuchtende Gelb des Polsters, nachdem er sich die Gitarre umgehängt hat, und – beginnt einfach zu spielen und zu singen! Bald schart sich ein kleines Grüppchen um ihn, denn er hat eine warme, kräftige Baritonstimme.

Alltäglich, diese Situation, gewiss, ganz besonders in einer solchen Mammutmetropole wie New York. Einleuchtend und nicht minder alltäglich auch mein unvermittelt aufblitzender Gedanke, wie schwer sich wohl der Herr Direktor Hans Müller mit gerade dieser Rolle getan hätte. Interessant aber immerhin der Grund: Nicht etwa weil er nicht Gitarre spielen und singen kann – das straßentauglich zu lernen hätte er sich sehr wohl zugetraut und schließlich waren auch an ihm die unvermeidlichen Klavierstunden nicht ganz spurlos vorübergegangen –, nein, nicht musikalische Bedenken, sondern ganz schlicht und einfach so, so nackt, so schutzlos und erst noch selbstverständlich sich vor Leute hinzustellen, das traute der gestandene Firmenchef sich nicht zu. Dabei stand er doch immer wieder vor viel größeren Menschenmengen ruhig und sicher. Aber eben: Da war halt alles vorgezeichnet.

Eine vertrackte und vertrackt peinliche Anwendung sowohl der Kongress- wie der Gitarrenspielersituation ist die Verkaufspersonalschulung. Der oberste Guru instruiert selber – welche Ehre! Dienstfertig klaubt man ihm jede Silbe von den Lippen, um sie behände zur Lehrmeinung, vielleicht gar gegenüber Untergebenen zum Dogma aufzuplustern. Dass dieser oberste Guru Verhaltensweisen instruiert, ja genau jene Unmittelbarkeit des Gitarrenspielers fordert, zu der er selbst nie und nimmer in der Lage wäre, steht auf einem ganz andern Blatt. Solche Wahrheiten fördern das Geschäftsergebnis nicht, und man tut gut daran, dieses andere Blatt zu Makulatur verkommen zu lassen.

Zweites Rollenspiel: Flugstunden sind Stunden der Besinnung, mitunter auch der Rückbesinnung. „Regression" nennt der Psychologenjargon die übelste Variante davon, nämlich jene, wo eine frühere Lebensphase degeneriert in eine spätere einbricht, bis ins Fühlen, ja ins Verhalten hinein. Ob ich schon so weit bin? – Jedenfalls wundert mich, dass ich nicht im Gefängnis schon zu schreiben begonnen habe. Bis auf jenen nicht abgeschickten Brief an Elena habe ich ja so gut wie vollständig schriftlich geschwiegen. Mündlich ja auch weitgehend. Es scheint fast, als ob psychologische Bearbeitung mich mindestens so weit gebracht hat, dass in mir eine Sprache aufging, sich gleichsam locker gemacht hat, die für einen solchen Bericht, wie ich ihn jetzt verfasse, taugt – wenigstens wenn man nicht allzu streng hinsieht. Mit sich schwemmt diese Sprache freilich auch einige Tücken und Fallstricke aus dem Untergrund hervor. Geschäftskauderwelsch ist wetterfest und zeitlos – sie nicht. Begriffe, Satzstellungen, Satzketten bekommen plötzlich unsteten, launischen Raum, Zwischenraum. Kein Wort gilt mehr für sich, es bekommt erst Leben, wenn ihm die Umgebung das passende Kleid schneidert – wobei sie nicht vergessen darf, dass jenes Wort seinerseits wieder Kleiderstoff andrer Umgebung ist. Manchmal bleibt auch Wort wie Zwischenraum aus, nichts will sich zusammenfügen und Fetzen von Silben lassen einen mit offenem Mund oder gezücktem Griffel und weißem Blatt Papier hängen. Es soll berühmte Schriftsteller gegeben haben, die von leeren weißen Blättern geradezu gelähmt wurden.

In den Gruppen hier scheine ich allerdings der Einzige mit solchen Sprachpannen zu sein. Selten verhaspelt sich sonst einer oder verstummt gar. Oder fällt mir das bei anderen ganz einfach nicht auf? Schweigen ziert ja manchmal nicht schlecht, wenn die Haltung stimmt. Allerdings, *dein* beredtes Schweigen ist nicht jedem gegeben, mein dunkelborstiger, weißer Enzo. So etwas ist aber auch nicht Haltung, sondern einzigartige Begabung.

Und in eine der nächsten Sitzungen werde ich mein Skript mitnehmen und daraus zitieren, wenn mir nichts mehr einfällt. Dass ich schreibe, weiß man. Es ist mir auch schon nahegelegt worden, doch das eine oder andere davon preiszugeben, aber als ich mich weigerte, hat man nicht weiter insistiert.

Nun aber endlich doch zum zweiten direktorialen Rollenspiel und damit endlich wirklich zurück zur Regression: Nehmen wir einmal an, der alte Sozialromantiker von Elenas Trödlerladen tritt während des Flugs plötzlich wieder auf. So was kommt ab und zu vor. Kam vor. Dem Sozialromantiker, jetzt halt mit Zigarette, nicht mehr hin und wieder mit Joint zwischen den Lippen, wird natürlich vieles am Herrn Direktor und an dem, was der tut, nicht passen. So könnte er sich in seiner stahlvogelsicheren Freiheit beispielsweise über die Methoden der heutigen Werbung maßlos ärgern. Er könnte der Ansicht sein, diese Methoden bewirkten nichts weniger, als dass eine ganze Wirtschaftsordnung auf den Kopf gestellt würde, weil sie ja den Willen und das Urteil des Nachfragers nicht, wie es das Lehrbuch will, zu stärken und zu verfeinern, sondern vielmehr nach Noten durch immer raffiniertere Tricks auszuhebeln suchen. Wir kennen diese Tricks zwar alle, fallen aber trotzdem immer wieder auf sie herein. Die Lancierung von großenteils sinnlosen Marken oder

Zerschnipselung von Märkten, „Segmentierung", wie der wirtschaftswissenschaftliche Code dafür lautet, sind da nur zwei vage Stichworte. Erst recht eignen sich die vier Grundgebote der Werbung, ihre „Basisqualitäten", nämlich: Auffallen, Gefallen, Informieren, Überzeugen, denkbar schlecht für die Bildung von Marktwahrheit und Marktklarheit und damit für die Errichtung genau jener Grundpfeiler, auf der laut herrschender Lehre die meisten jener Wirtschaften ruhen sollten, für die auch die Werbung arbeitet. Schon gar nicht schafft sie jenes Universalgenie, welches jeder Marktteilnehmer sein müsste, um in allen Sparten, wo er wirtschaftlich aktiv ist, die Spreu vom Weizen zu scheiden.

Der in seine Jugend zurückgesunkene Direktor wird also mit Bestimmtheit in seinem Erstklasssessel, immer noch mit stereophonem Kopfhörergesäusel im Hinterkopf, die Werbung nicht nur anprangern, sondern recht eigentlich zum Sündenbock stilisieren. Vielleicht wird er immerhin einräumen, dass sie ein bunter Sündenbock ist, ab und zu geradezu ein fröhlicher. Tatsächlich bindet gerade die PR-Sparte viele unserer schöpferischsten Kräfte, und manchmal will mir wirklich scheinen, die Werber seien mittlerweile die wahren Dichter, Maler, ja sogar Bildhauer unserer Zeit.

Dieser positive Zug des bunten, glitzernden, blinkenden Januskopfes freut ihn und ebnet ihm den Weg fort von ätzendem Systemzweifel und zurück zu seinem Mandat als Firmenleiter. Schließlich kann es leicht sein, dass er, kaum gelandet, mit einem der bestausgewiesenen Experten seines Fachs ein noch raffinierteres, noch „sündigeres" PR-Konzept auszuarbeiten hat …

Auch das nichts Besonderes, mag man sagen. Nichts Besonderes, tatsächlich. Aber doch ein klein wenig – alltägliche – Schizoidie.

Alltägliche Schizoidie eines Heimatlosen.

8

01.09.1991

Vom Jugendkapitel habe ich tatsächlich Gebrauch machen müssen. Natürlich blieb es nicht beim ersten Verstummer in der Gruppe. Mit der Zeit gelang es mir immerhin, mich in Floskeln wie: „Das ist schwer zu beschreiben", oder: „Ich weiß nicht, wie ich das erklären soll", oder: „Ihr wisst, was ich meine", zu flüchten. Zwar verhinderten die erneute Kissenschlachten, aber nur, weil die andern mittlerweile wussten, dass ich schrieb, und nun resolut forderten, es sei an der Zeit, mit meinem Opus herauszurücken. Da habe ich halt nachgegeben. Das Vorlesen ging ganz gut und meine Mitstreiter fanden die Erzählung zwar nett, den Stil gelungen, doch sage ich zu wenig über meine Gefühle. Anstatt von meinen Freuden, Ängsten, Sorgen, Nöten erzähle ich dauernd bloß von Dienstmädchen! Alles andere sei nur spurenweise vorhanden. Eben gerade dies sei interessant, darüber sollten wir reden, über die Ursachen dieses Mangels, gab endlich die Leiterin zu bedenken und entschärfte damit auf einen Schlag den latenten Vorwurf. Gehorsam schlug das Klagen über das Fehlen in ein Erörtern des Warum dieses Fehlens um.

Ich für mein Teil denke, dass meine Sorgen, Ängste, Nöte oder Freuden nicht anders waren als die so mancher anderer Kinder auch: Zu spät zur Schule gekommen, was sagt die Lehrerin?, zu spät nach Hause, was sagt die

Mutter – oder eben das Dienstmädchen?; noch früher: in die Hosen gemacht, gibt es Schelte?, hat das Christkind oder der Osterhase oder haben die Eltern mir zum Geburtstag etwas Schönes mitgebracht? Und so weiter. Vom Schrecken, ja Schock, den ich erlebte, als ich mitansehen musste, wie mein Vater meine Mutter schlug – davon habe ich ja geschrieben. Aber vielleicht habe ich diese Stelle nicht vorgelesen. Ein anderes, ein freudiges, vielleicht auch aufschlussreiches Ereignis habe ich allerdings bisher unterschlagen: Einmal, ich war etwa fünf, kam eine Tante, eine entfernte Verwandte, zu uns auf Besuch und brachte ihre reizende kleine Tochter mit. Etwa im gleichen Alter wie ich war das Mädchen, aber es kam mir vor wie ein Wesen aus einer anderen Welt; wie nicht aus Fleisch und Blut und gleichzeitig nur aus Fleisch und Blut. Sofort zog sie mich vollkommen in ihren Bann. Alle Frauen – so viele sind es ja gar nicht – haben später durch diesen Bann eines kleinen Mädchens hindurchmüssen. Dem Blick aus ihren großen braunen Augen konnte man sich unmöglich entziehen. Sie kokettierte auch schon oder tat wenigstens das, was bei Erwachsenen zu Koketterie wird.

Alles konnte sie von mir haben; wie der bestdressierte Hund lief ich ihr nach. Die Anweisungen der Erwachsenen überhörte ich geflissentlich und wir befolgten sie nur, wenn es ihr gefiel oder gefallen musste. Spiele, deren ich mich sonst geschämt hätte oder die mir sonst gar nie eingefallen wären, wurden mir plötzlich zur größten Wonne.

Die Gäste blieben zwei, drei Tage bei uns – was ja auffällig genug war in unserem Haus. Danach habe ich Véronique, glaube ich, nur noch einmal kurz gesehen. Sie hat keinen besonderen Eindruck mehr auf mich gemacht; ich weiß nicht einmal mehr, um wie viel älter wir dann waren. Doch damals, im allerzartesten Alter, war sie der Grund für mein hartnäckiges Begehren, es müsse eine Schwester her, und zwar nullkommaplötzlich. Die Mutter lächelte jeweils nur müde bei diesen feurigen Attacken und meinte, es würde schon werden. Von diesem „Es wird schon werden!" wüsste ich nicht, wann ich es sonst von ihr je gehört hätte. Als dann die Schwester nicht kam, da wollte ich wenigstens so angezogen sein wie diese Véronique. Ich drängte so lange, bis man nachgab und mir endlich ein leichtes Sommerkleidchen im Schottenmuster mit kurzem Faltenröckchen brachte. Man sagte, es sei von ihr. Verstohlen zog ich es in meinem Zimmer an, zeigte mich damit aber niemandem – nicht einmal dem Dienstmädchen.

Nach ein paar Wochen klang das wieder ab; aber die Erinnerung blieb in ihrer ganzen Breite – wie man sieht. Oder sie ist durch das Ringen hier wieder zum Vorschein gekommen. Und bestimmt macht sie der Gruppe – vielleicht sogar der Gruppenleiterin – mindestens ein bisschen Freude, vielleicht sogar Eindruck.

Und übrigens ist herausgekommen, dass ich hier bei Weitem nicht der Einzige bin, der Bericht führt. Jedes Mal erscheint einer mehr mit Blättern oder einem Heft unterm Arm in der Sitzung. Wir entwickeln uns doch noch zum verschworenen und daher wenigstens für uns erstrangigen Lesezirkel. Möchte doch nur unsere Kommentier-, Argumentier- und Analysierlust in dem Maße wachsen wie der Papierwust auf unseren Tischen!

– 9 –

Es folgt: Ein „historisches" Dokument, der bereits erwähnte nicht abgeschickte Gefängnisbrief, dann ein Traum unmittelbar danach und etwas Weinen.

Liebe Elena,
endlich finde ich Zeit, dir zu antworten. Aber was tust du denn den lieben langen Tag anderes als Zeit haben?, wirst du bestimmt fragen. In der Tat. Aber wenn du so allein in einem Raum sitzt, glaub mir, dann wird der Weg vom Bett zum Bad, von dort in den Sessel usw. plötzlich sehr weit. Auch wenn ich ihn oft haste. Oder du nimmst dir erst gar kein Ziel mehr vor, gehst rastlos auf und ab im Zimmer, immer fast den gleichen Weg, findest nicht „die nötige Ruhe". Fehlt dir sonst jede Entschuldigung, so kommt bestimmt irgendein Verhörer. An Briefpapier nämlich würde es nicht fehlen, ebenso wenig an Schreibzeug.
Jetzt sitze ich aber und es ist ruhig. Höchstens die Vögel zwitschern durch das geöffnete Fenster. Der Baum davor erstrahlt in zartem Grün. Der Kugelschreiber, obwohl bereits kräftig angekaut, ist intakt, und auch Datum und Anrede sind längst geschrieben.

Unser Telefongespräch von neulich, ich glaube nicht, dass es abgehört worden ist. Und wenn, was wäre da schon dabei? Was hätten die schon zu hören bekommen? Elena, bist du nicht gar zu misstrauisch? Lange haben wir ohnehin nicht geredet. Aber es war immerhin gut, deine Stimme zu hören – auch wenn sie etwas müde klang. Müde wie schon lange nicht mehr, um ehrlich zu sein. Allerdings misstraue ich, der ewig Ferne, da meinem Urteil.

Du schreibst, dass du infolge Schwangerschaft liegen musst und deshalb nicht kommen kannst. Das ist mir nicht neu; schon als du anriefst, musstest du doch das Kind und damit das Bett hüten. Am Draht bedauerte ich dies zwar, aber jetzt, wo ich nicht sogleich zu antworten habe und mir die Sache richtig durch den Kopf gehen lassen kann, muss ich dir gestehen: Ich bin nicht unglücklich darüber. Du wirst fragen warum, und ich muss dich gleich nochmals enttäuschen. Ich weiß nicht, irgendwie gehörst du nicht hierher. Irgendwie würde ich mich schämen. Nicht einmal der Tat – von der für dich übrigens festzustehen scheint, dass ich sie begangen habe –, nein, sondern einfach der Umstände wegen. Das Gefängnis, die Beamten – ich würde das nicht ertragen! Nimm mir das nicht übel, bitte.

Du fragst nach dem Revolver, nimmst offensichtlich zu meinen Gunsten an, die Tat sei Folge eines Irrtums. Nun, auch dir muss ich antworten: Ich erinnere mich an nichts. Und glaub mir, diese Antwort hat nichts damit zu tun, dass der Brief erst noch durch die Gefängniszensur muss. Ich schwöre

dir: Zeigte man mir heute eine Waffe, vielleicht
sogar die Tatwaffe, ich wüsste nicht einmal, wo
sie entsichern und wie. Du bist aufgebracht über
mich, und das zu Recht; aber ich habe dir nichts
verheimlicht. Glaub mir: Selbst wenn sie niemand
sonst wissen dürfte, ich fände Mittel und Wege, dir
die Wahrheit zu sagen, die reine, ungeschminkte
Wahrheit!

   Wie hat übrigens Patrick die Neuigkeit
aufgenommen? War er überrascht? Für ihn ändert
sich ja nicht viel. Für ihn sorgt ja schon lange fast
ausschließlich Angela. Hat sie eigentlich wieder
aufgehört, von einer bevorstehenden Heirat zu faseln?

   Du nimmst alles sehr gelassen. Das imponiert
mir zwar. Aber deine Lesart der Tat sticht mir doch
ins Auge: „Tragische Verquickung der Umstände",
„... ständige Überbelastung, unter der du schon lange
littest; wir müssen das ändern – endlich!" Elena, was
soll das?! Fast kommt mir vor, als schriebest du nicht
an mich, sondern an irgendeinen x-beliebigen Kranken.
Einen schweren Fall. Wie gesagt: Du bist zwar der
Meinung, ich habe die Tat begangen, du verzeihst sie
mir aber nicht nur, nein, du beschuldigst mich ihrer
nicht einmal. Das ergibt sich klar aus deinen Zeilen,
auch wenn die einzelnen Worte anders klingen. Diese
Darstellung, ja Einstellung, das gefällt mir gar nicht!

   Gerne möchte ich deshalb aufbegehren. Aber kann
ich das überhaupt? Gegen dich?

   Ein schönes Eingeständnis das, nicht? Die
Beichte eines Firmendirektors. Aber ist denn ein
Firmendirektor in Haft noch ein Firmendirektor?

Vielleicht halt eben doch ein Kranker. Und du behältst wieder einmal recht.

Warum hast du mich eigentlich aus der Gosse aufgelesen, damals? Ich bin ja selbstverschuldet, und gar nicht lange vorher, in sie hineingerutscht. Und so furchtbar Gosse war sie ja gar nicht. – War da wirklich Liebe im Spiel? Oder ganz einfach Mitleid? Oder beides? Natürlich, du – du hast mir gefallen, damals, in der Disco. Sehr. Auf den ersten Blick. Aber wem hättest du das nicht? Deine Andersartigkeit, der Hauch von Exotik, die dunkle Haut, dein schöner Körper. – Warum also gerade mich?

Muss man unbedingt ins Gefängnis kommen, um sich das fragen, um dir diese Fragen stellen zu können?

Die Nacht, als du mich mitnahmst – ja, du warst es, die mich mitnahm. Keine Mätzchen, Tricks, Verführungskünste meinerseits. Obwohl eigentlich nichts passender gewesen wäre. Erinnerst du dich? Es war etwa drei oder vier Uhr in der Früh, als wir das Lokal verließen und ich, das wusstest du allerdings nicht, hatte als Bleibe nichts als ein Schließfach im Bahnhof für mein Gepäck. Nichts also naheliegender als: „Zu solcher Stunde lässt man keine Frau alleine nach Hause gehen!", oder: „Was machen wir mit dem angebrochenen Abend?" Aber ich war nicht in Laune dazu. Bin eigentlich nie in Laune gewesen dazu. Ich weiß nicht einmal recht, wie ich damals in jene Diskothek kam.

Doch auch du, wieso kamst du überhaupt dorthin? Du gingst ja selten in Diskotheken. Wolltest du wirklich nur dieser Freundin einen Gefallen tun?

*Ach wie lange hatte ich doch diese unsere erste
Nacht vergessen! Ja, regelrecht vergessen. Erst jetzt,
hier, taucht alles wieder auf. Immer schneller rückt
alles zurück ins Erst-Gestern. Mir gefällt das. Dir
nicht auch?*

*Übrigens: Wann haben wir das letzte Mal … Ich
gebe zu, dass ich, hier in der Zelle, vor allem bei solchen
Erinnerungen – doch nein, das brauchst du nicht zu
lesen. Gerade weil du es dir leicht denken kannst. Wie
weit weg ist doch das alles! Deine Schwangerschaft
übrigens, wenn ich da so nachrechne … Aber lassen
wir das. Ein gewisser Zicky oder Zwicky erledigt das
Nötigste, schreibst du. Gut so. Auch du bleibst trotz
Bettlägerigkeit am Draht. Gut auch das.*

*Du siehst, wie hervorragend es deinen Zeilen
gelingt, mich zu beruhigen, wie beabsichtigt.
Allerdings gelingt es ihnen fast zu gut. Besser wohl,
als dir lieb ist. Denn ich sehe: Es geht weiter. Alles
geht weiter. Bestens weiter, weiter auch ohne mich.
Mit anderen Worten: Ich bin ersetzbar, gut ersetzbar.
Selbst die Ergebnisse jener Verhandlungen, die ich
kurz vor meiner Inhaftierung noch führte, scheint
ihr bis ins Einzelne zu kennen. Immerhin willst du
liebenswürdigerweise noch wissen, ob ich die Vergabe
einiger Aufträge gutheiße. Aufträge dies, die du doch
längst schon vergeben hast – ach Elena!*

*Diese meine Ersetzbarkeit tut mir manchmal etwas
weh. Aber handkehrum lässt sie mich zurücklehnen.
Ich kann mich hier in aller Ruhe und bei bester Pflege
erholen und gesundschlafen. Und das erst noch ohne
die Krankenkasse zu belasten.*

Nur vermisst du mich ja dummerweise, ich fehle dir. Nun, was soll ich tun? Ich kann doch nicht etwa ...

Doch diese Worte, ich kann mir gar nicht recht vorstellen, wie du sie sagst, mit welchem Tonfall. Überhaupt habe ich zusehends Schwierigkeiten mit dir. Natürlich nicht mit dir als Existenz, als Persönlichkeit, sondern mit deiner physischen Wirklichkeit. Mit deiner Stimme, deinen Bewegungen. Alles verkrampft sich zu einem starren Bild, einem erbärmlichen Abklatsch von dir. Verflixterweise besonders dann, wenn ich keine Anstrengung scheue, um mir dich voll und ganz, wie du leibst und lebst, zu vergegenwärtigen. Dabei weiß ich ja gleichzeitig durchaus, dass das, was ich mir da vorstelle, nichts als ein Abklatsch ist; ich fühl sie ja durchaus noch irgendwo, jene ferne andere Wirklichkeit. Eine Wirklichkeit allerdings, die du bestenfalls einmal warst. Und jetzt? – Wenn ich dich so sehe in unserem Büro, ich weiß nicht, weiß einfach nicht so recht ...

Wer weiß, vielleicht fehlst auch du mir. Obwohl ich nach wie vor nicht wünschte, dass du herkämest. „Fehlen", „vermissen", wie ich diese Wörter hasse! Sie tönen so penetrant nach Todesanzeigen.

Schließen möchte ich diesen Brief, der ohnehin viel zu lang geraten ist, aber doch mit einer Frage, einer Frage und einer Bitte zugleich: „Wir sind auf dem besten Weg, dich bald da wieder herauszukriegen", „Erste Schritte sind bereits im Gange" – Was meinst du damit? Warum lässt du mich ausgerechnet

über diese ersten Schritte im Ungewissen? Ich will
wissen, was du – ihr tut, hörst du! Und macht keine
Dummheiten! Was ist ein Freispruch wert, wenn er
erstunken und erlogen ist?! Lass die Tatsachen für
sich sprechen; sie werden in deinem Sinne sprechen,
glaub mir! Und wenn nicht, tant pis; an mir soll's
nicht fehlen. Schicksal ist Schicksal. Und was dieses
seiner Natur nach nicht sein kann, ja nicht zu sein
braucht, das soll wenigstens das Urteil werden: gerecht
nämlich. Also, schreib mir bald, bitte. Und hab
Vertrauen zu mir. Auch wenn das Misstrauen, das
ich wittere, ein mütterliches und somit gut gemeintes
ist!

Es ist schon spät. Mein Brief ist übrigens durch
ein ausnahmsweise sehr reichhaltiges Nachtessen
unterbrochen worden (merkst du, wo ich Pause
gemacht habe?). Für einmal bin ich wirklich
rechtschaffen müde. Nicht diese nervöse, unzufriedene
Müdigkeit, die vom langen Sitzen kommt. Wenn ich
nicht aufhöre, so schlafe ich noch über dem Tisch ein.

Also, seid herzlich gegrüßt alle. Grüß mir besonders
Patrick von seinem Vater. Seinem Vater, den er nicht
kennt, wie ich meinen nicht gekannt habe.

James

Tatsächlich fielen mir die Augen fast zu, daran erinnere ich
mich noch genau. Ohne mich zu waschen legte ich mich
ins Bett. Trotz der großen Müdigkeit konnte ich aber nicht
schlafen. Nach wohl gut einer Stunde nickte ich endlich
doch ein. Nickte ein und träumte. Träumte von ihr: Sie

war noch jung, traumhaft jung. So jung, wie ich sie gar nie gekannt habe. Sie wirkte frisch, schien sehr ausgeruht und erholt, war unendlich anziehend. Ihre schwarzen Locken waren kurz geschnitten, aber doch nicht so kurz, dass sie nicht fliegen konnten. Am rechten Ohr baumelte ein goldener Hänger. Ihre Augen leuchteten; das Weiß schien beinahe zu spiegeln. Ihre kakaofarbene Haut umgab ein Glanz, der bei aller Sinnlichkeit durch und durch sauber wirkte. Ihre himbeerroten Lippen hätten jeden entzücken müssen. Nur ganz behutsam hätte man indessen wagen dürfen, sie zu küssen.

Sie trug ein kurzes, weit ausgeschnittenes weißes Sommerkleid, ein Leibchen fast nur, am Arm einen weißschwarz geringelten Reifen, und spazierte darin locker, schob sich mit ihren festen, schwungvollen Schritten gemächlich vorwärts. In Wirklichkeit habe ich sie nie so gehen sehen; es war, als bewege sie sich deutlicher als wirklich. Mich schaute sie nicht an. Konnte sie mich überhaupt sehen? Irgendwem schaute sie aber nach. Oder sah jemand kommen. Wir befanden uns übrigens irgendwo im Freien, auf einer saftig grünen Wiese, und es war warm.

Tatsächlich kam jemand auf sie zu, und kaum hatte sie es bemerkt, begann sie auch sogleich zu winken. Mir selbst fiel dabei nicht ein, auf mich aufmerksam zu machen; irgendwie musste ich dumpf ahnen, dass ich in keiner Weise erwünscht war.

Zwei Silhouetten näherten sich. Nahe beisammen. Gingen sie Arm in Arm? Doch da – ja, sie waren es: das Opfer, Peter, und Yvonne, dessen Schwester! Natürlich hätte ich, wach, Peter nie beschreiben können; im Traum aber wusste ich, dass er es war – niemand sonst! Und auch nachher, wieder wach, wäre ich niemals in der Lage gewesen, ihn mir auch nur andeutungsweise zu vergegenwärtigen – auch den Traum-Peter nicht. Obwohl ich auch heute noch genau weiß, was nachher geschah: Peter ging nämlich auf meine Frau zu. Sie begrüßten sich, und zwar so, als würden sie sich schon lange kennen. Sie umarmten sich, küssten sich. Dann umarmte und küsste Elena auch Yvonne. Allesamt waren sie stehen geblieben und sofort begannen sie lebhaft miteinander zu reden. Sie schienen etwas untereinander ausmachen zu wollen oder zu müssen. Sie diskutierten darüber, zunehmend heftig, immer stärker auch mit den Händen.

Da – da drohte Peter plötzlich meiner Frau, gab ihr eine Ohrfeige. Ohne Vorwarnung. Das war zu viel! Ich wollte eingreifen, kam aber, wie im Traum ja häufig, nicht vom Fleck. Ich sah ein Messer blitzen, sah die erhobene Hand Peters, doch – plötzlich war Elena verschwunden ... Wie vom Erdboden verschluckt war sie! Zwar warf sich Yvonne Peter sofort an die Schulter, aber seine Hand blieb erhoben. Aber nach wenigen Augenblicken nur gelang es ihm, sich loszureißen, und sogleich begann er zu laufen. Er lief, rannte, raste – raste genau auf mich zu! Wie ein Schlag traf mich das Bewusstsein, dass – dass es mich jetzt für ihn gab! Ich, der insgeheime Beobachter, war enttarnt! Natürlich versuchte nun auch ich zu laufen, zu rennen. Schon spürte ich seinen Hauch im Nacken – und erwachte. Am Boden. Und natürlich in kaltem Schweiß.

Noch im Halbschlaf kroch ich zurück ins Bett. Dort erwachte ich aber bald vollends. Der Traum war wie über-klar vor mir – und doch noch nicht klar genug. Erst nach und nach brachte er sich in die Form, wie ich ihn jetzt eben erzählt habe. Ich schaute auf die Uhr, es war erst kurz nach Mitternacht. Wie die meisten solcher intensiven Träume hatte auch dieser nicht lange gedauert.

Sicher lag ich erneut eine gute Stunde lang wach. Eine lähmende, lange Stunde. Und das erste Mal seit Jahren, ja Jahrzehnten weinte ich. Ja, ich weinte wirklich – nicht nur jenes qualvolle Weinen-Wollen, bei dem die Tränen in den Augen hängen bleiben.

Dann schlief ich wieder ein. Wieder schlief ich tief, aber diesmal traumlos. Das heißt, am anderen Morgen erinnerte ich mich nur noch schwach, dass sich in meinem Kopf wiederum etwas getan haben musste. Allerdings nicht irgendeine schweißtreibende Fortsetzung, dessen war ich sicher.

Nach dem Frühstück und einem kurzen Besuch meines Verteidigers setzte ich mich wieder an den Tisch und las den Brief an Elena noch einmal durch.

Er berührte mich überhaupt nicht mehr. Nicht einmal, ob wirklich wahr war, was mich am Abend zuvor so viel Schweiß gekostet hatte, gelang mir noch zu beurteilen. Ein Fetzen Papier, nicht viel mehr. Warum ich ihn nicht zerriss und vernichtete, ist mir heute schleierhaft. Allerdings bin ich meiner damaligen Laune dankbar. Heute ist er Aufhänger für die ganze Gefängniswelt, Startdock für alle meine Tours d'horizon in die Welt meiner Regungen und Gefühle von damals. Gleich den Ketten eines Dominospiels geraten die Erinnerungen in teils unerwartete Richtungen in Bewegung. Elena hat, glaub ich, damals schon ein paar Zeilen erhalten, aber höchstwahrscheinlich sehr banale.

Der Traum hingegen, der hatte mich mitgenommen. Nicht in erster Linie dessen Inhalt, den zu entschlüsseln so schwer auch wieder nicht fiel, wenn man unseren hiesigen Göttern glauben darf, vielmehr seine Intensität. Sie gehört in jene Kategorie, bei der man zunächst beim Erwachen nicht weiß, was Wirklichkeit ist und was Traumwelt. Das Weinen, welches dieser innere Aufruhr auslöste, war denn auch so – so befreiend. Jahrelang immer enger geschnürte Knoten öffneten sich – so schien es. Wodurch war das alles möglich geworden? Spielte dabei etwa auch die völlig überraschende, erquickende Wirkung mit, welche die Gefängnisroutine, neben den schon fast standardisierten seelischen Folgen des Freiheitsentzugs an sich, auf mich ausgeübt hatte? Irgendwie, wenn ich das so durchgehe, riecht es gelinde nach Heilung. Doch ist es vor allem das Erzählen, das Nacherzählen, das danach riecht – eben noch roch. Mein heutiges Gefühl, das sich wieder – schon wieder! – zu melden beginnt, will da nicht so recht mitspielen. Heilung wovon, fragt es sich – und hinein in welche Gesundheit?

06.09.1991

Ein paar Formen des Allein-, mitunter auch Einsamseins mitsamt Varianten:

Der oder die Vierzehnte: Nicaragua als Beispiel. Nicaragua, zwei Jahre nach dem Sieg der Sandinisten. Wir sind präsent – präsent geblieben. Zwar kann man sich fragen, was ein solch kleiner und wenig zahlungskräftiger Absatzmarkt soll, aber erstens verfügt Nicaragua über Rohstoffe – Agrarprodukte – und zweitens pflegen – pflegten – wir ja stets unser Outfit mit leicht alternativem Anstrich. Da lassen sich derlei Engagements werbetechnisch sehr vorteilhaft einbringen. Weltweit.

Natürlich gleicht ein Operieren in solch unsteten politischen Verhältnissen einem Eiertanz. Vordergründig wenigstens. Doch auch hier macht Übung zwar nicht den Meister, aber ein paar der behutsamen Tanzschritte fallen immerhin etwas leichter. Zunächst gilt es einfach festzustellen, welche Strukturen und Personen sich vom alten Regime ins jeweils neue hinüberretten und bei welchen Stellen und Kreisen man demzufolge den Hebel anzusetzen hat. Überdies bedarf ja der Luxus einer jeden Führungsschicht harter Währung. Um über all das einigermaßen klarzusehen, ist in der Regel eine Übergangsfrist von etwa zwei, drei Jahren nötig. Daher mein Besuch gut zwei Jahre nach dem Umsturz.

Geschäftlich ging alles gut. Unsere Vorarbeit hatte gefruchtet, die Rechnung war aufgegangen; doch davon möchte ich hier nicht erzählen. Was würde dich so was kümmern, mein lieber, vielleicht erfundener Enzo? Über geschäftlichen Erfolg zu berichten ist langweilig – vielleicht über Erfolg überhaupt. Das Berichtenswerte geschieht, wenn schon, in seinem Schlepptau; er selbst ist höchstens festzustellen – der Misserfolg natürlich zu vertuschen – und dann zwischen hochglanzpolierte Jahresberichtsdeckel zu pressen.

Mit einer solchen Begleiterscheinung im Schlepptau beginnt der erste Fall von Alleinsein.

Managua ist eine auf einem weiten, nur leicht gewellten Gebiet verstreute Stadt, die eigentlich keine Stadt ist – zumindest keine mehr war zwei Jahre nach dem Umsturz. Ein Erdbeben Anfang der siebziger Jahre hatte das Zentrum ausgelöscht, nur noch Ruinen und zwei, drei Mahnmale übrig gelassen, wie etwa den Nationalpalast oder die Hauptpost, zu denen sich eine Handvoll neue Bauten, darunter das Theater und der Wolkenkratzer des Innenministeriums, gesellte. Den Rest hatte der Krieg gegen Somoza besorgt. Dass dieses Managua-Gelände nahe dem gleichnamigen See liegt, merkt man fast nur bei der Anfahrt oder wenn man verdutzt auf der Landkarte nachschaut. Wieso ausgerechnet in der Seegegend die größten der zahlreichen Slums liegen, die überall im bewohnten Gürtel um das kahl geschorene Zentrum verstreut sind, ist dem Uferboulevards gewohnten Weltbürger schleierhaft. Wahrscheinlich enden dort Abwässer und einiger Müll nicht eben appetitlich. Schade.

Auch ein Firmendirektor gerät in diese Slums. Sei es aus Neugierde, sei es, weil er zu viel getrunken hat und den

Heimweg nicht mehr findet – sowohl örtlich wie zurück in seine Rolle und Funktion, denen für ein paar Stunden zu entfliehen ihm eben gelungen war. Und dort begegnet er ihnen, den Vierzehnten. Heerscharen von Kindern, dazu schwangeren Frauen, die ebenso gut fünfundzwanzig wie vierzig sein können und alle kaum mit dem Ersten schwanger gehen. Wer gehört zu wem? Wo ist was? Die Bretter- und Wellblechbuden, die getrampelten Pfade dazwischen, die sich bei Regen leicht in Bette schwabbelnder brauner Ströme verwandeln, die Menschenflut auf ihnen, wenn sie trocken sind, der jenen an schwarz gescheckten braunen Schweinchen und an buntem Geflügel mannigfachster Art nicht nachsteht, dieses Kunterbunt an Leben gibt darüber nur höchst mangelhaft Auskunft. Es ist heiß, die Sonne brennt, das eine oder andere Kofferradio scheppert. Die Alphabetisierungskampagne der Sandinisten habe auch hier drei Viertel der Bevölkerung zu Lesern gemacht, verkündet das Fernsehen. Hier, in diesem Wirrwarr, zum Beispiel, werden die Vierzehnten, oder die Zehnten oder Zwölften, geboren. Es gebe Frauen mit bis zu zweiundzwanzig Geburten, hört man.

Wer sorgt für sie alle? Wer tröstet sie? Wer macht ihr Glück? Die Mutter hat stets ein neues Kleines, das ihre Fürsorge dringender braucht, der Vater ist nicht da, sei es, weil er arbeitet, sei es, weil er einen gut Teil seines kargen Gehaltes in Alkohol – Guaro – oder in andere Frauen investiert. Für den lieben Gott betet man zwar, aber der Segen, der aus den Händen der Kirchengewaltigen fließt, findet selten bis hinunter zu Brettern und Blech. Dies tut bestenfalls das eine oder andere Gebot, wie etwa jenes, keine Verhütungsmittel zu gebrauchen. Es sanktioniert die Unschuld der Männer an der Überbeanspruchung ihrer Frauen, und da kaum ein Nicaraguaner nur mit einer schläft, führt es dazu, dass halb Nicaragua miteinander verwandt ist. Blutsverwandte tauchen an allen Ecken und Enden auf, denn es liegt in der Natur einer bewegten Geschichte und bewegter Geschichten im Kleinen, dass sie die Menschen auch örtlich durcheinanderwerfen – trotz Nicaraguas alles andere als monotoner und vor allem gegen Osten hin schlecht erschlossener Topografie.

Hier im Slum findet sich Gosse pur – fast pur. Gosse, die doch so ganz anders ist als jene, in der sich das kaum dem schützenden Nest entronnene Einzelkind Hans Müller wähnte. Zwar ist Armut in Masse wohl etwas leichter zu ertragen als Armut zwischen vollgepfropften Auslagen von Geschäften, vor denen blankpolierte Autos der neueren Handvoll Jahrgänge stehen. Aber Hunger ist Hunger überall. Und hier helfen staatliche Stellen, auch sozialistische, kaum, ihn zu lindern. Die Kinder tummeln sich zwischen den Hütten, balgen sich, balgen sich auch mit den niedlichen kleinen rehbraun-schwarz gescheckten Schweinchen – ein fast rührendes Bild. Allerdings stehen sie, wenig älter, bereits bei Ampeln und versuchen Autoscheiben wieder klar zu wischen oder beim Flughafen – „BIENVENIDOS EN LA TIERRA DE SANDINO" auf großem weißem Transparent – eines jener raren Gepäckstücke zu erhaschen, die deren Eigentümer nicht selber tragen will. Und der Körperverkauf des weiblichen Geschlechts beginnt früh. Auch wenn jetzt General Sandino die Fluggäste wohl nicht mehr willkommen heißt, wird sich daran wenig geändert haben. Zwar sollen einige Regale, auch die unseren, die es nach wie vor gibt, jetzt voll sein, aber die erbärmliche wirtschaftliche Lage des Landes verhilft nach wie vor den meisten zu meist nur kargem Einkommen und lange nicht allen zu Einkommen aus regulärer Arbeit.

Da kann jene bereits von Glück reden, der es gelingt, in einem etwas reicheren Haushalt als Dienstmädchen unterzukommen. Zufall?, Fügung?, göttliche Gnade? – das wird sie sich wohl kaum fragen, sondern zunächst einfach tun, was man sie heißt, und zwar auch nachts im Bett, wenn sie einem geschlechtsreifen männlichen Familienmitglied gefällt. Schließlich bekommt sie zu essen und darf irgendwo unter einem etwas solideren Dach liegen. Darf – solange sie nicht, höchstwahrscheinlich durch die Erfüllung ihrer Dienstpflichten, schwanger wird. Hoffen wir, dass ihr jene Siestas oder Nächte, in denen sie Mutter wurde, meist viel zu früh, wenigstens auch zu ein klein wenig von jener Befriedigung verhalfen, die sie dem Mann schuldete – wenn sie schon nichts daran ändern konnte, dass diese Nächte erzwungen waren. Mit dem Mutterglück geht ihr bisschen materielles Glück nämlich fast immer wieder zu Ende, meist ziemlich abrupt, und sie bleibt alleine zurück mit ihrem Kind. Viel mehr alleine noch als zuvor, denn früher hatte sie immerhin noch die Schweine und den Mob an Gleichaltrigen am Morgen und am Abend; jenen Mob, dessen Ängste, Nöte und auch Freuden sie kannte und teilte, auch wenn Gemeinsames hier nicht dazu führte, dass man gemeinsam stark war oder auch nur zu sein versuchte, ganz im Gegenteil – man war und blieb allein, nur eins von vierzehn, von sieben, von zwölf. Man war ausgestoßen, verloren oder noch mehr auf Barmherzigkeit oder nicht ganz uneigennütziges Entgegenkommen angewiesen als vor dem Ausflug in (schlecht) bezahlte Arbeit.

Noch abenteuerlicher mutet es an, wenn einer der Gosse nicht nur entrinnt – dafür könnte ja noch eines der vielen internationalen Hilfswerke verantwortlich sein –, sondern sich später hinaufkatapultiert in jene Schichten, die Welten, immerhin vielleicht auch buntscheckige, von bunt gescheckten Schweinen trennen. Reicht dazu nur Intelligenz, ziemlich viel Kaltblütigkeit und rücksichtsloses taktisches Geschick? – Lange nicht alle rücksichtslosen, schlauen, körperlich und seelisch starken Gossennaturen werden später zu Firmenchefs oder gar -inhabern. Man denke nur an Slums wie die brasilianischen Favelas, wo solche Naturen sich oft schon als Kinder in lokalen Slummafias bewähren müssen, denen sie später nicht entkommen. Was ist es also, das solche Naturen ausnahmsweise zum weiterum gefürchteten, vielleicht auch respektierten, häufig mäßig glücklichen Haupt eines internationalen Wirtschaftsimperiums werden lässt, dessen Kinder nachher reif werden für die Regenbogenpresse, sobald sie groß genug sind, dass man durch sie zur Sensation machen kann, was bei gewöhnlichen Bürgern keines öffentlichen Muckses wert ist? Gibt es auch hier das „auserwählte Volk" – das privilegierte Grüppchen? Wer, was für ein bizarres Göttchen oder Dämönchen, wählte da aus? Bizarr jedenfalls ist, dass Amerika ausgerechnet diese gescheckten Schweinchen oder meinetwegen die düsteren Wohnschluchten von Black Harlem zum Ausgangspunkt seines Dream macht. Seines Wirtschaftsdream. Jenes Dream, den die James Muller AG bzw. die Elotex AG bis vor Kurzem noch verkörpert hat oder zumindest vorgegeben hat zu verkörpern. Jenes Dream, der denjenigen, der sich eben noch glücklich schätzte, einen Job als Tellerwäscher zu bekommen, in atemberaubend kurzer Zeit nicht nur zum Besitzer jenes Hotels, sondern einer ganzen Hotelkette und zahlreicher anderer Betriebe hinaufbugsierte – wenigstens in der Nacherzählung des Werdegangs. Leicht ist dabei möglich, dass sich der Direktor „aus einfachen Verhältnissen" dort unten bei den Schweinen freier und wohler fühlte als in seiner ohnmächtigen Machtfülle im fünfzigsten Stock, wo es doch oft nur „richtig" oder „falsch" und nicht „möglich" gibt. Vielleicht ist die Not nicht von ihm gewichen, nur eine andere geworden. Und selbst wenn er wollte, hat er ja nicht einmal die Möglichkeit, seiner Herkunft die gewaltigen materiellen Ströme, die plötzlich über seine Mühlen flossen, so zu danken, dass er seine erfolglosen Mitstreiter ihrer Erbärmlichkeit enthöbe, denn Geldströme sind dafür viel zu lichtscheu und zu wendig und er ist nicht der einzige Mühlenbesitzer. Versuchte er es dennoch, stünde er vielleicht unverhofft vor einem Heer von Arbeitslosen, also wieder Erbärmlichen, vielleicht immerhin mit staatlichen Beihilfen – aber diesmal vor *seinem* Heer von Arbeitslosen. Was er hingegen tun kann und aus PR-Gründen fast tun muss, ist, eine wohltätige Stiftung errichten, welche fürs Geschäft ungefährliche gemeinnützige Zwecke verfolgt und durch einen ungefährlichen Prozentsatz des Firmengewinns finanziert wird. Damit liefert er womöglich zumindest einen der berühmten Tropfen auf den heißen Stein oder vielleicht sogar zwei.

Natürlich könnte er sein ganzes Prachtwerk auf dem Höhepunkt von dessen Blüte auch verkaufen. An den Meistbietenden. Dann wäre er die Not des Regierens los und schüfe sich Freiheit – Freiheit zum Genuss. Vielleicht wären Elena und ich nicht schlecht beraten gewesen, dies rechtzeitig zu tun. Aber füllt Genuss einen Menschen, dem es stets Herausforderung war, selbst die abenteuerlichsten Klippen zu umschiffen, auf die Dauer aus? Groß ist wohl die Gefahr, dass er eine vereinfachte zweite Version des Dream über die Bühne peitscht. Vielleicht ungefähr so etwas Alternativromantisches, wie es meine Frau und ich als Beginn der ersten vorgeführt haben. Allerdings stimmten ja unsere Startvoraussetzungen für das transatlantische Wirtschaftswundermärchen nicht ganz: Elena war zwar wirklich nicht reich, als wir uns kennenlernten, aber längst nicht auf Tellerwäscherstufe. Und ich selbst war ja bedeutungslos für den Anfang und komme überdies aus reichem Hause.

Sollte sich hingegen der Herr Senkrechtstarter wider alles Erwarten und vor allem besseres Wissen doch Luxus und Genuss ganz und gar hingeben, so läuft er nur zu bald Gefahr, dass sein bisheriges Alleinsein, sein Allein-Strampeln, hinüberkippt in Einsamkeit. In zwar gepolsterte, aber nicht minder trostlose Einsamkeit mit Delirium tremens als Markstein. Denn jetzt ist es ja nicht mehr er, der zählt, nicht mehr seine Person oder gar Persönlichkeit, die ihm Gesellschaft und mitunter sogar Liebschaften verschafft, sondern sein zu (immerhin fahrenden) Yachten und (immerhin nicht auf ewig denselben) Villen erstarrter Geschäftserfolg.

Und was geschähe, wenn „er" eine „Sie" wäre – eine in einer Bretterbude zwischen Schweinen und Ziegen aufgewachsene Elena sozusagen? Könnte sie sich gegen Gemunkel in Bezug auf den gezielten Einsatz ihrer weiblichen Reize glaubhaft wehren? Wohl kaum, außer sie wäre mit weiblichen Reizen nicht eben gesegnet – gerade ihr energisches Leugnen käme nicht nur für Klatschblätter einer Bestätigung der nicht eben selten reichlich argwöhnischen Unterstellungen gleich. Zu leicht und vor allen Dingen zu gerne wird besonders in dieser Sparte Unwahrscheinliches mit Unmöglichem gleichgesetzt. Mir für mein Teil fällt es hingegen nicht schwer, mir Werdegänge von Elenas aus der Schweinchengosse vorzustellen, die sich dafür nicht oder kaum prostituieren. Gab es Ansätze zu zweideutigen Gerüchten nicht auch bei uns? Allzu schwer hätte das ja wohl nicht gehalten mit einer Frau als Chefin ...

Aber abgesehen von ein paar wenigen Vorzeigefiguren ist der ganze Hokuspokus um den American Dream ja ohnehin kaum mehr als ein Mythos, fern und nah zugleich, immer und immer wieder bedient, ja gehätschelt als Anker für tausend gescheiterte oder verpasste Möglichkeiten, als Trost für Hunderttausende, ja Millionen. Man vermutet hartnäckig bleibendes Glück, zumindest für die Träumer, vielleicht auch noch für ein paar in ihrem Kielwasser, wenn dieser Traum doch einmal Wirklichkeit wird. Selten fragt man sich, welche Wirklichkeiten und Charaktereigenschaften denn diese ach so glückliche und glücksbringende Wirklichkeit schufen. Und wenn man es tut, dann um sich selbst und sein eigenes Schicksal daran zu messen – mit nicht eben konstanter Elle.

Fall zwei und folgende: Hans Müller.

Allein wächst auch er auf. Aber anders als die Vierzehnten nicht unter vielen auf sich gestellt, sondern als umhegter Solist, reich dokumentiert in Folianten von Alben, die fast jede seiner Lebensphasen und -phäschen festhalten. Und auch anders als die Vierzehnten eignet er sich schlecht als mythische Figur, denn die seine ist eine recht typische, ja geradezu banal-klassische Situation in der betreffenden Gesellschaftsschicht. Nur durch seinen Einzelkindstatus wird sie ein Stück weit verschärft. Ansonsten ist die technisch wohlorganisierte Fürsorge wohl Allgemeingut und ebenso sind es die Werte, die sie regieren. Der Erbadel früherer Zeiten mag ja gegenüber demjenigen des Geldes einen nicht zu unterschätzenden Vorteil gehabt haben, jenen einer nicht gar zu seltenen Chance auf allmählichere Entwicklung der Familientradition nämlich – die Verhärtung und ein Festklammern an äußeren Zeichen hingegen sind beiden eigen. Möglich, dass den „richtigen" Adel jene dumpfen Gewissensbisse weniger oder gar nicht plagten, die das schnelle oder ererbte Geld hin und wieder heimsuchen: Man ist irgendwie doch nicht ganz verdient privilegiert, also steht man in der Schuld des Gemeinwohls, der weniger Erfolgreichen und Glücklichen, und die Hälfte der Menschheit hungert oder ist nahe daran. Man zahlt deshalb hin und wieder etwas, durchaus hin und wieder auch namhafte Beträge, an wohltätige Institutionen, allerdings meistens nicht anonym, und die Frauen engagieren sich ein bisschen sozial, wodurch sie sich überdies als eigenständig und nicht bloßes Aushängeschild ihres Prestigegatten profilieren können. So gibt das eine das andere und man hat für einmal gleich zwei Fliegen auf eine Klappe.

Meine Mutter scheint diese soziale Verpflichtung allerdings kaum empfunden zu haben. Wohltätige Quartiervereine und nette gesellige Abende im Kirchgemeindehaus gab es für sie kaum. Gewissensbisse waren und sind ihre Sache nicht, Sinnsuche vielleicht, aber nicht im Gemeinnützigen. Ihr Status als Spross einer seit Generationen wohlhabenden Familie war ihr gleichsam in Fleisch und

Blut übergegangen und sie hatte ihn ohne Weiteres in die Ehe mitgenommen, ja recht eigentlich eingebracht – was wäre aus ihrem Mann geworden ohne die Starthilfe ihres Vaters? Ob die Jungverheiratete unterschwellige innere Zweifel plagten, kann ich nicht abschätzen, da ich ja, wie bereits erwähnt, in den frühen Kinderjahren hauptsächlich von Dienstmädchen betreut wurde und auch meine Gefühle vor allem an sie hängte. Später erst folgten die Auseinandersetzungen, die Vorwürfe, und manchmal flackerte zwischen ihnen und durch sie hindurch auch durchaus eine Spur Herzlichkeit und Wärme auf, vielleicht mehr, als ich wahrhaben wollte oder konnte. Das dritte Dienstmädchen brachte mich ja gelegentlich dermaßen auf die Palme und bot auf der andern Seite so wenig Gelegenheit, meine subtropischen Aggressionen an ihr selbst auszulassen, dass hin und wieder die Mutter daran glauben musste. Diese Aufmüpfigkeit wiederum führte dann wahrscheinlich dazu, dass man mich von den ohnehin wenigen Freunden, die ich hatte, zu isolieren suchte, „um des Schulerfolgs willen". Zudem befürchtete man Drogenmissbrauch – ohne Grund: Zwar hatte ich ein, zwei Mal tatsächlich Haschisch probiert; mir war aber nachher derart hundeübel geworden und ich hatte derart gekotzt, dass ich für lange Zeit genug von solchen Tests hatte. Erst in Elenas Trödlerladen paffte ich ab und zu wieder lustlos mit. Wie auch immer: Ein reiches Einzelkind ist zwar alles andere als allein und im Kampf ums nackte Überleben, dafür oft einsam inmitten technisch perfekter Pflege seines Wohlergehens.

Zu schildern bliebe noch die Einsamkeit des Firmendirektors, des Untersuchungshäftlings und des Patienten einer psychiatrischen Heilanstalt. Ich will das nur kurz tun, ist doch das meiste längst schon Allgemeinplatz oder ich habe davon bereits erzählt. Ich wiederhole hier nur, dass mir Kerker heute nicht mehr als ein Ort der Isolation, der Abkapselung vorkommen. Obwohl ich doch nach meinen Erfahrungen in der Verlegung auf das Land weiß Gott Grund genug hätte, das anzunehmen, da man ja nur noch die Allernötigsten zu mir ließ. Yvonne kam noch in der Großstadt wieder – ach Yvonne! Wenn unser unüberlegtes Techtelmechtel ihr nur nicht allzu viel Leid – oder gar ein Kind – eingebrockt hat! Hoffentlich versteht sie meinen radikalen Schnitt als Schritt zu ihren Gunsten und hoffentlich ist es auch einer! Zu allem Überdruss haben wir den Zeitungen noch hinterher griffigen Stoff für ihre dreisten Unterstellungen nachgeliefert – Gott sei Dank ohne dass sie es wussten! Aber weiß ich denn, was die wissen?

Wie gesagt, wenn ich an die Gefängnisse denke, dominiert das Gefühl der Ruhe, der Einkehr. Erst wenn ich andere Gefühle wieder bewusst hervorkrame, merke ich, dass diese Ruhe nicht Ruhe ohne Fehl und Tadel war. Und die äußeren Auswirkungen des Sich-eingesperrt-Fühlens habe ich ja bereits ausführlich beschrieben – etwa in jenem bisher unter Verschluss gehaltenen Brief an Elena, den ich vor Kurzem in diese Seiten eingefügt habe.

Das Interessante ist: Im Gefängnis haben die Leute, die zu dir kommen, um mit dir zu reden, meist viel mehr Zeit für dich als im normalen Geschäftsleben. Die Untersuchungsbehörden und der Verteidiger müssen ja von Berufs wegen einige Sorgfalt walten lassen, vor allem bei einem solch großen Tier – der Psychiater nicht weniger. Dass in puncto Ausdauer ausgerechnet ein Wärter, mein lieber eingeschleuster Ernst, Spitzenreiter war, ist bestimmt ganz seltene Ausnahme und lässt sich ausreichend mit Elenas Fehlmanipulationen erklären. Was sollte sonst Wärterroutine sich um einen einzelnen Untersuchungshäftling kümmern und ihn gar noch, nachdem man ihn von der Außenwelt, wie man meinte hermetisch, abgeschnitten hatte, mit Stößen von Büchern beliefern? Wie auch immer: Die meisten, die kommen, haben für dich Zeit. Für dich? Natürlich nur für dich als mutmaßlicher Täter; aber auch bei solch nüchternem Anlass spielen Persönlichkeitsmerkmale eine gewichtige Rolle. Erst recht in meinem Fall, wo man sich über die Beweisbarkeit meiner Untat offensichtlich von Anfang an keine Sorgen zu machen brauchte. Zeitweise fühlte ich mich im Gefängnis so wichtig wie noch nie zuvor in meinem Leben. Endlich fühlte ich mich als mich ernst genommen, nichts sonst. Jedenfalls schienen die Behandelnden überzeugt, dass sich so etwas wie eine Identität in mir letztendlich doch noch aufspüren ließe.

Das Landgefängnis erlebe ich jetzt wie als Vorstufe zu dieser Anstalt hier. Zwar musste man mit der ganzen Untersuchung pro forma noch einmal von vorne beginnen (das psychiatrische Gutachten hielt man immerhin für verlässlich) und der noch von Elena gedungene Staranwalt, der mich damals kurz vor meinem Umzug dermaßen überrumpelt hatte, dass ich ihm das Mandat gab, ohne mir so recht bewusst zu sein, was ich tat, der kam so häufig, dass hin und wieder ein fast privatwirtschaftlicher Stress aufkam; doch an sich war der weitere Verlauf meines Verfahrens ja fast vollständig vorgezeichnet. Daran änderten auch massive Investitionen in diesen Starjuristen nichts, da sie jetzt nur noch erfolgen durften, um Legales zu erreichen. Der Prozess und dessen Ausgang waren denn auch alles andere als eine Überraschung. Mir war es im Gerichtssaal, der überdies düster und der Zuschauermassen wegen die ganze Zeit über schlecht gelüftet war, fast ununterbrochen langweilig. Die vielen aus den überfüllten Zuschauerrängen auf mich gerichteten Blicke vergaß ich nach den ersten fünf Minuten. Ich versank wie hinein in einen warmen, dumpfen Punkt in mir – irgendwo in der Nähe des Bauchnabels. Richtig froh war ich, wenn ich etwas zu sagen hatte, doch die stillen Phasen überwogen leider und einmal schlief ich sogar ein.

Einzig dass das neue Gericht ein Exempel statuieren und mir neben der Maßnahme, die ich nun aussitze, noch eine saftige Strafe aufbrummen würde, war zu befürchten gewesen. Die bedingte Strafe mit dreijähriger Bewährungsfrist, die nach erfolgreich abgeschlossener Behandlung zu laufen beginnen sollte, ist mehr als gerechtfertigt. Sie dämpfte immerhin die Empörung über das recht milde Urteil ein wenig ab. Dass es juristisch durch und durch korrekt war, mussten selbst die gefürchtetsten Kritiker unter den Gerichtsberichterstattern zugeben. Manche lobten gar den Mut des Provinzgerichtes, das sich nicht dazu hatte hinreißen lassen, der öffentlichen Meinung zu willfahren. Hätte es dies indessen getan – für mich hätte sich nicht viel geändert. Ich glaube nicht, dass ich als ein ganz anderer hier über diesen Zeilen sitzen würde.

In meinem ländlichen Gefängnis mit den welligen Hügeln, den nach Süden duftenden Pinien und Zypressen vor dem lichtstarken Fenster konnte ich mich auch von der letzten großen Erschütterung erholen, die mir die Großstadt noch beigebracht hatte: vom besagten zweiten Besuch Yvonnes nämlich. Wieso man sie nach dem Auffliegen des

Skandals um Elenas Machenschaften und nach den Unterstellungen einiger Zeitungen über unser „Verhältnis" so ohne Weiteres unbeaufsichtigt zu mir in die Zelle ließ, ist mir noch heute ein Rätsel. Wollten sie uns etwa belauschen und so weiteres Beweismaterial sammeln? Da ich nachher keinerlei Aussagen zu hören bekam, die sich auf unser damaliges Stelldichein hätten beziehen können, glaube ich nicht daran – denn, wie gesagt, nur zu sehr wäre ihnen – perfiderweise – ihr Unterfangen geglückt! Hätten sie doch eine Aufsicht mitgeschickt! Uns wäre wahrscheinlich ein inneres Erdbeben erspart geblieben!

Eigentlich kam Yvonne gerade der von den Medien ventilierten Unterstellungen über unser Verhältnis wegen. Sie wolle sich bedanken für meine Berichtigungen, deren überzeugender Aufrichtigkeit selbst die arge journalistische Entstellung nichts habe anhaben können. Und im Übrigen seien Gefühle frei; sie gingen selbst die Strafjustiz nichts an. Das machte mich stutzig. Ihren Dank hatte sie nämlich auch mit Gaben reichlich garniert; neben ein kleines, rot leuchtendes Blumenstöckchen hatte sie noch etwas sorgsam in Seidenpapier Gewickeltes gelegt. Und wieder war sie auserlesen gekleidet gekommen.

Solche Besuche verwirren selbst den Hartgesottensten, das wird man verstehen. Ich bin aber nicht hartgesotten. Sie, offensichtlich gut vorbereitet, überbrückte schnell die sofort aufkeimende Verlegenheit.

Auch dafür, dass ich zur Beerdigung gekommen sei, wolle sie mir nochmals herzlich danken. Auf meine Frage, wie um Himmels willen sie auf diese unglaubliche Idee hatte kommen können, wurde sie etwas verlegen. Das heißt, sie zeigte jenes feine Lächeln mit geschlossenen Lippen, das ihrem Typ so ausgezeichnet steht, solange die Frau noch jung ist oder wirkt. Und die Antwort kam denn doch nur um wenige Augenblicke verzögert. Rache, ja, das müsse sie zugeben, Rache, das dringende Verlangen nach Sühne, das hätte sie dazu verleitet. Und *sie* sei es gewesen, sie alleine, die die Familie überzeugt, ja überredet habe. „Du solltest sehen, hautnah erleben, was du angerichtet hattest!" Sie duzte mich von Anfang an und erst hinterher wurde mir klar, dass mich das hätte wundern sollen. Damals duzte ich automatisch zurück. „Aber dann", fuhr sie fort, „dann kam ich hierher und fand nicht den kaltblütigen, abgestumpften Unhold, sondern einen von seinem Schicksal selbst völlig mitgenommenen, ja fast – verzeih mir – fast überrumpelten Jungen!"

Vielleicht war sie deshalb das erste Mal nur so kurz geblieben – ihre Verwirrung hatte sie wohl in etwas hineingeworfen, das sie genauso unvorbereitet getroffen hatte wie mich ihr Besuch und ihr Ansinnen. Dass ich so ohne Weiteres zugesagt hatte, hatte sie verblüfft (ich selbst kann mich nach wie vor an eine solche Zusage nur vage erinnern, sosehr ich es auch immer wieder versuche – Yvonne war einfach plötzlich wieder verschwunden). Als sie aus ihrer Verwirrung erwacht war, hatte sie den Zweck meiner Teilnahme an der Abdankung für mein Opfer aufs Psychologische verschoben: Diese Lektion, so hatte sie gehofft, sollte mir mehr helfen als all die staatlichen Maßnahmen danach.

Dann sei ich ihr aber in der Kirche so unscheinbar, so, so – unschuldig vorgekommen. Tatsächlich waren ja meine Gedanken abgeschweift und sie musste mir einiges wiedererzählen, von dem ich nicht mehr den blassesten Schimmer hatte. Wohl nie gehabt hatte. Der Pfarrer war offenbar sehr salbungsvoll gewesen und hatte aus Peter einen Heiligen gemacht. Einen Musterknaben zum Erschrecken. Musste denn ein Mensch zu einer sterbenslangweiligen Marionette verkommen, nur weil er umgebracht wurde?, fragte sie sich und lieferte gleich ein paar Müsterchen seines wirklichen Lebenswandels nach. Der glich dem manch eines Halbwüchsigen. Peter hatte es geliebt, stolz wie ein Pfau auf seinem bunt verzierten und mit den unglaublichsten Accessoires versehenen Moped durch die Straßen zu flitzen, um „den Frauen" zu gefallen. Für die Frauen hatte er etwas übrig, nicht erfolglos, wie Yvonne meint, für die Frauen schon – nur nicht für seine Schwester! Die hatte er, schon als Junge überaus kräftig und deshalb ihr, der Älteren, in dieser Hinsicht bald überlegen, einmal so lange unter Wasser gedrückt, dass sie fast erstickt wäre. Als sie dann wieder auftauchte, blau im Gesicht, hustete, japste, bekam er es dann doch mit der Angst zu tun. Aber mit einer zweifachen. Kaum war Yvonne wieder ansprechbar, drohte er ihr, falls sie der Mutter, den Eltern …, würde er sie kurz und klein … Dabei hatte die Arme doch nichts weniger im Sinn!

In der Schule war Peter keineswegs „überaus fleißig", sondern so nachlässig, dass er trotz intellektueller Begabung dazu die Mittelschule nicht besuchen konnte. Die Lehre, eine Banklehre, bewältigte er dank seiner Intelligenz, nicht dank seines Fleißes leidlich. Immer wieder versetzte er die Mutter in Ängste. Auch damals, als er mir vor der Mündung stand, wäre er eigentlich zu Hause zum Essen erwartet worden.

Yvonne war in der Abdankung zunächst wütend gewesen; wütend darüber, dass ich ihren Vorstellungen nicht entsprach, die Rolle nicht spielte, die sie für mich ausersehen hatte. Dann hatte sie ein inneres Lachen gepackt, nicht zuletzt über diesen dummen Zorn; ein Lachen, welches viel schwieriger zu bändigen gewesen sei als der Zorn zuvor, der ja zur Not auch lautlos gekocht hatte, allerdings beinahe lauthals explodiert wäre. Dann hatte sie Mitleid für mich empfunden, das sie mit einem eigenartigen Gedankengang rechtfertigte: Die meine sei eine Kurzschlusstat, und kurzschließen könne sich ja jedes Gehirn. Und wenn schon nicht jedes, so hätte es bestimmt das Gehirn ihres Bruders gekonnt, sei der doch oft impulsiv und, besonders während der Pubertät, auch aggressiv gewesen. Seinem Temperament hätte sie somit meine Tat ohne Weiteres auch zugetraut, wäre er nur in entsprechende Umstände hineingeraten – mitsamt geladenem Schießeisen. Auf meinen Einwand, dies entschuldige nichts, schon gar nicht meinen Mord, erwiderte sie nur, es gehe ihr ja gar nicht um Schuld oder Nichtschuld, sondern einzig um den Nachweis, dass man mein Wesen nicht an meiner Tat messen könne – einen Nachweis, den ihr ihr Gefühl schon damals in der Kirche erbracht habe. Natürlich sei auch sie erschrocken, über sich selbst erschrocken, hätte sich gefragt, ob solcherlei Empfindungen nicht noch weit verwerflicher seien als die Tat selber. Aber moralische Strenge hätte eben auch nichts an ihnen geändert, und es sei nicht weniger verwerflich, Verwerfliches dadurch ungeschehen zu machen, dass man es sogar noch vor sich selber leugne.

Eigentlich hätte ich überrascht sein sollen, dass sie sich die ganze Zeit über so intensiv mit mir beschäftigt hatte. Das war und bin ich aber nicht, und noch weniger wundere ich mich jetzt über ihr Verhalten nach der Zeremonie, jene

Umarmung, jenen Kuss vor der Kirche, der mich damals so aus dem Häuschen gebracht hatte.

Was ging in dieser Frau damals vor? Oft denke ich auch heute noch darüber nach. War da einfach ein überdimensionierter Helferinstinkt am Werk, der den an sich guten Hans mit aller Kraft, auch mit jener der eigenen Gefühle, zurück zu seiner angeborenen Güte führen wollte? Ein Instinkt, der sich in den Wochen danach derart verstärkte und das junge Wesen derart ausfüllte, dass er zu guter Letzt die Etikette wechselte – und, so verwandelt, dieses empfindsame Mädchen zurück zu mir in die Zelle führte? So wäre auch ihr Verhalten und ihr Anteil an unserer gemeinsamen Explosion schlüssig zur erklären. Aber eben: Die Rechnung geht mir auch hier etwas zu leicht und zu restlos auf. Es braucht so verdächtig nirgendwo gerundet zu werden. Und aus mir werde ich erst recht nicht klug. Auch heute noch nicht. Trotz psychologischer Beratung nicht. Allerdings: Ich schäme mich meines Verhaltens gegenüber Yvonne fast noch mehr als meiner Tat. Das schon.

Yvonne war zwei Tage vor ihrem zweiten Besuch sogar bei meiner Mutter gewesen. Die beiden haben sich überaus gut verstanden. Gerührt sei Mutter gewesen, dass ausgerechnet die Schwester des Opfers zu ihr komme. Umarmt hätte sie sie, umarmt und geküsst. Sofort begriffen hätte sie, dass kein peinliches Ansinnen auf sie wartete: „Du hast eine wunderbare Mutter!" Bekocht hätte Mutter sie dann, ausgezeichnet, und richtig erlöst sei sie gewesen dadurch, dass sie bei all der Hatz endlich mal von jemand ein gutes Wort zu hören bekomme – „und dann erst noch von Ihnen!". Sie konnte sich offenbar kaum erholen. Die psychiatrischen Gutachten hatten auch, obgleich nur am

Rande, meine Einzelkindsituation durchleuchtet und in einem nicht allzu positiven Licht dargestellt, und was davon in die Medien sickerte, hatte voll und ganz auf Mutter durchgeschlagen. Man ächtete sie, man zeigte mit dem Finger auf sie, wenn man sich außer Sichtweite wähnte; doch meine Mutter, besonders meine argwöhnische Mutter, sieht gut.

Dann begann sie Yvonne auszufragen. Irgendwie nahm sie, völlig unbegreiflicherweise, an, Yvonne wisse viel mehr über mich als sie selber. Yvonne konnte nicht weiterhelfen, wollte aber, und so nahm sie halt zu der einen oder anderen Notlüge Zuflucht. Was ich ihr natürlich verzeihe – wie konnte sie anders! Aber warum in aller Welt flog sie ausgerechnet zu Mutter? Elena hat sie nämlich nicht besucht – trotz meines Traumes. Während sie von meinem Zuhause erzählte, kam übrigens jener Augenblick wieder in mir hoch, als mein Vater Mutter schlug; das nur nebenbei.

Eigenartig, Elena wie Yvonne bitten – oder baten – mich um Verzeihung. Sie mich!

Selbstverständlich hätte sich Mutter an meiner Stelle für all das Leid entschuldigt, welches über „eure Familie" (auch sie hatten sich offenbar schon nach den ersten paar Wortwechseln geduzt) „gekommen war" – was mir gar nicht gefiel. Yvonne hatte diese Entschuldigung zurückgewiesen und entgegnet, hier handle es sich nicht um Schuld – was mich rührte und gleichzeitig wohl ebenso wütend machte, wie sie selbst während Peters Abdankung gewesen war. Elenas Schachzüge, für beide anscheinend ebenso frisch aufgeflogen wie für die Allgemeinheit, missbilligten sie (blieb ihnen ja kaum anderes übrig). Und beide hofften, ja beteten sie für mich.

Was sie sich von weiß welchem Gott erbaten, das bekam ich nicht mehr zu hören. Ich wollte nämlich aufbegehren, alles „ins rechte Licht" rücken und war aufgestanden – da hatte ich sie schon in den Armen. Wie damals nach der Beerdigung vor der Kirche. Und nicht weniger überraschend.

Ich erinnere mich noch, dass sie etwas stammelte wie: „Ach Hans, ich weiß, meine Gefühle sind verbrecherisch, aber ..." – dann fielen wir auf dem Bett übereinander.

Ein guter Engel, vielleicht eine ganze Schar, behütete uns vor den Wärtern. Mein Gott, nicht auszudenken, wie viel Öl sonst in die zahlreichen, schon lichterloh brennenden öffentlichen Feuer – Flächenbrände, Autodafés – gegossen worden wäre! Und in unser eigenes brauchten wir – brauchten sie – nichts zu gießen; es loderte, loderte viel zu wild auch ohne jede Zutat.

Wirklich, so etwas habe noch nie erlebt! Nie vorher, und seither natürlich erst recht nicht wieder. Ich erinnere mich nicht, dass wir uns irgendwann ausgezogen hätten oder sonst was – ich erinnere mich erst wieder, wie sie sich sanft, mit einem letzten Kuss, von mir löste.

Dann, wenige Augenblicke später, saß sie schon wieder korrekt gekleidet auf dem Stuhl. Einzig der Rock war etwas zerknittert, aber das konnte ja vom Rutschen auf dem Sessel gekommen sein. Saß da, wie wenn wir erst zu reden aufgehört hätten und sie nur darauf wartete, das Gespräch weiterführen zu können.

Zu sagen hatten wir uns freilich nichts mehr.

Dann zupfte sie mir meine Kleider zurecht und wollte sich wieder setzen. Doch da kam – zum Glück! – der Wärter (schon damals nicht mehr Ernst). Sie schüttelte mir die Hand, ging wortlos. Warf mir einen letzten Blick zu. Worte kann ich für ihn nicht finden. Für das, was er zurückließ, sind wohl Beschämung und Verblüffung die richtigen – hinterher.

Auf dem Tisch blieben das Pflänzchen und das Seidenpapier noch bis zum Abend unberührt. Unberührt blieb für diesen Tag auch das Zigarettenpäckchen und das Feuerzeug, hatte doch Yvonne den übervollen Aschenbecher diesmal noch vorwurfsvoller angeschaut, als sie eintrat. Das Stöckchen war plötzlich auf dem Abendessenstablett, als dieses fortgetragen wurde. Im Seidenpapier fanden sich zwei Bücher, beide von Russen geschrieben: *Anna Karenina* von Tolstoi und *Dshamilja* von Tschingis Aitmatow. *Dshamilja* habe ich gleich nach dem Nachtessen in einem Zuge durchgelesen; *Anna Karenina* kannte ich schon.

Ich weiß, dass Fetische, Talismänner oder wie man so etwas nennt, etwas furchtbar Süßlich-Kitschiges an sich haben – aber trotzdem waren dies die beiden einzigen Bücher, die ich aufs Land mitnahm. Der Rest, der Ernst'sche Bücherstapel, blieb samt und sonders in der Großstadt. Und hier in der Klinik habe ich auch meine beiden Herzstücke verliehen und sogleich vergessen. Erst jetzt, wo sie im Text auftauchen müssen, sind sie auch in meinen Gedanken wieder da.

Gehört habe ich von Yvonne nicht wieder. Sie von mir auch nicht. Und wahrscheinlich werde ich diese Seiten demnächst verbrennen, denn vor heutiger Elektronik ist kein Versteck mehr wirklich sicher!

PS:

Eigentlich wollte ich ja nur ein Kapitel über Alleinsein und Einsamkeit schreiben, wobei ich Letzteres als Teilmenge des Ersteren sehe. Dass es nun mit dieser Art Zweisamkeit endet, war nicht beabsichtigt. Irgendwie hat es mir den Ärmel reingenommen und ich habe etwas zu Papier gebracht, was ich eigentlich nicht nur nicht preisgeben – und jeder noch so einsame Schreiber gibt ja preis, wenn er schreibt –, sondern eigentlich für immer vergessen wollte (jaja, „verdrängen", ich weiß!). Allerdings: Irgendwie scheinen mir die letzten paar Seiten zum Vorangegangenen, ja zu meiner ursprünglichen Absicht zu passen. Irgendwie – wird nicht er oder sie, werden nicht vielleicht sogar beide auch und gerade durch unmögliche, weil unmöglich verantwortbare Zweisamkeit zu Einsameren, als sie es vorher waren – wenigstens unmittelbar hinterher? Und Zellen und Anstaltsräume, ja sogar Analysen und Therapien tragen durchaus dazu bei, dass sie es auch bleiben, zumindest in nicht ganz alltäglichen Einzelfällen …

Aber vielleicht hilft Schreiben und Wiederlesen, hilft das eigene (in diesem Fall, weil als Schrift nicht mehr allzu spontan oder gar unberechenbar, wohl ungefährliche) Ich und Selbst als Gegenüber. Jedenfalls werde ich hier in der Anstalt (noch) kein Feuerchen machen. Weder mit dem Ganzen noch mit diesem Eintrag, der unverhofft doch noch zum Yvonne-Eintrag geriet.

21.09.1991

Es ist Sonntag, schönes Wetter. Heute Morgen durften wir in die Kirche. Ich bin mitgegangen, weil mich wundernahm, wie mich nach Peters Abdankung eine Kirche anmutet. Sie hat mich genauso gelangweilt wie damals während meiner Konfirmandenzeit. Auch wenn wir diesmal in einer katholischen Kirche waren. Alles war etwas bunter als bei den Protestanten. Immerhin war die Predigt nicht gar zu lang und während der Liturgie darf man ja etwas sagen und tun. Aber die Einkehr, der Blick nach innen wollte mir auch jetzt, in diesem hier nicht minder steifen Korsett, nicht so recht gelingen. Nachher stand man wenigstens noch für ein paar Minuten in der warmen Sonne und plauderte, sprengte nicht gleich in alle Richtungen davon. Das hat mir gefallen – gerade weil ich von mir nicht verlangen muss, dass ich noch weiß, worüber wir plauderten.

Nach dem Mittagessen habe ich meine Blätter auszugsweise wiedergelesen. Was mir dabei jetzt vor allem auffällt, sind die gewaltigen Schwankungen meiner Schrift. Etwas ungelenk am Anfang, häufig Streichungen, Verschriebe, erst im letzten Moment gerettete Buchstaben. Dann plötzlich gestochen scharfe Lettern, bald ganz schön steif, bald schlechthin rasend. Dann bleibt das Rasante, nicht aber die gestochene Schärfe; alles verschwimmt und gerät kreuz

und quer durcheinander, ja selbst die Zeilen verlaufen trotz
kariertem Papier in unregelmäßigen Wellen, die in der Vertikalen ihre Unregelmäßigkeit noch gewaltig steigern. Die
Zeilenanfänge scheinen ganz vom Zufall der Berührung
des Stiftes mit dem Papier abzuhängen. Manches kann
ich nur raten und besonders wundere ich mich, wie ich es
damals fertiggebracht habe, mein Jugendkapitel so fließend
vorzulesen. Vielleicht war alles noch nahe genug oder ich
veridealisiere wieder einmal gewaltig – diesmal meinen Lesestil. Dann folgen unvermittelt, nur ein paar Tage oder
gar Stunden später niedergeschrieben, wieder glasklare und
saubere Passagen, und so fort.

Gegen den Schluss hin gibt es eine Art weiße Flecken.
Unerforschtes Gebiet, das dem Forscher nur deshalb keine
Schwierigkeiten bereitet, weil es eben Durchlebtes schildert. Sie häufen sich zusehends. Am Ende mündet der Text
fast in eine Art Antarktis.

Ich weiß nicht, wie sehr ich künftig noch Lust haben
werde zu berichten. Ich zweifle. Vorsichtshalber habe ich
mir jedenfalls einen Textverarbeiter, einen elektronischen,
schweigsamen, aber speicherreichen, beschaffen lassen. –

– 12 –

Die Speicher haben lange geruht und wahrscheinlich entpuppt sich auch diese elektronische als eine der unzähligen nutzlosen Anschaffungen in meinem Leben. Aber wenigstens dieser wohl letzte Abschnitt, eine Art Nachwort, soll nun auf meinem neuen Automaten getippt werden. Vielleicht arbeite ich auch irgendwann den ganzen Rest auf – bei den am schwierigsten entzifferbaren Stellen ist das streckenweise schon geschehen –, vielleicht, wenn die Lust dazu endlich doch noch bei mir ankommt. Im Moment jedenfalls ist nichts zu machen; es läuft persönlich zu viel hier.

Thema Schuld – Thema Schuld konkret: Zwar war ich „nicht schuldfähig" oder nur genügend schuldfähig, um eine zweijährige Gefängnisstrafe für den Fall zu rechtfertigen, dass ich mich nach erfolgreich abgeschlossener Behandlung nicht bewähre. Ich weiß aber sehr wohl, was die Öffentlichkeit von mir erwartet. Persönlich soll ich dennoch die ganze Schuld auf mich nehmen und damit zu Kreuze kriechen, niedergeschlagen und untröstlich. Die ganze Schuld nehme ich schon auf mich, ich krieche auch zu Kreuze, sogar sehr, aber ich bin nicht untröstlich. Dafür kann ich nichts – ich kann nun mal nicht zaubern. Wenigstens will ich in dieser Sache allen, auch mir gegenüber, aufrichtig sein. Aufrichtigkeit gilt doch auch heute

149

noch gelegentlich als individuell und gesellschaftlich hoch kotierter Wert.

Zudem: Was ich während meiner Behandlung hier vor allem erlebt habe, ist die Allmacht des Vorläufigen. Damit wird auch jede Schuld vorläufig. Ich weiß schon, dass dieses Resultat weder der Philosophie unserer Therapeuten noch den gängigen Moralvorstellungen entspricht, aber ich kann beim besten Willen nichts dafür, wenn Erwartung und Erfolg nicht übereinstimmen.

Natürlich könnte man sich mit der Frage zu entlasten suchen, wieso denn eigentlich gerade diese Schuld dem Gewissen eines Wirtschaftskapitäns so schwer zusetzen sollte, wo es doch durch die oft wesentlich größeren Schäden – auch an Menschenleben –, die dauernder Aufenthalt auf der Kommandobrücke verursacht, viel ärger und nachhaltiger strapaziert werden müsste. Zudem könnte man die zahllosen Kriege und Umweltkatastrophen ins Feld führen, wo Heerscharen von Menschen Heerscharen von Menschen und andere Lebewesen töten, aus Kalkül oder Sendung, auf Befehl oder aus Verantwortungslosigkeit oder gar Unachtsamkeit. Diese Entlastung läuft aber logisch auf die Rechtfertigung eines Übels durch ein noch größeres hinaus und damit moralisch auf das am wenigsten Gute als Trennschnur zum nicht mehr Verzeihlichen. Unter dieser Trennschnur bleibt indes nichts, denn das am wenigsten Gute ist ja zugleich das absolut Böse – das abstrakte Axiom aller Teufel sozusagen. Damit ist dieser Rechtfertigungsversuch schon gedanklich gescheitert; er scheitert aber auch psychologisch. Zu leicht findet sich nämlich die einleuchtende Erklärung für das innere Gewicht gerade dieser meiner Tat. Im Gegensatz zu den angeführten, größer dimensionierten

Beispielen geschah der Mord an Peter hautnah; Täter und Opfer standen sich direkt gegenüber. Keinerlei abstrakte Mechanismen, die erst nachzuvollziehen, keine Ebenen, die zu überspringen sind, damit eigenes Handeln zu Schuld wird, lagen dazwischen. Überdies ist der todbringende Schuss durch kein wirtschaftliches Interesse – ohne Taschenspielertricks nicht einmal durch ein privates – erklärbar. Der Täter demonstriert nichts weiter als ein blamables Scheitern seiner psychischen Konstitution. Ein Fehlen jener rationalen Robustheit, welche man Führungskräften so selbstverständlich zuschreibt wie Freude am Entscheiden und die souveräne Fähigkeit dazu. Er übersteigert gleichsam jene Fälle, wo Chefs Amok laufen und ihre Mitarbeiter grund- und wahllos niederschießen, streckt er doch keinen Untergebenen nieder, sondern einen Fremden – einen noch Fremderen. So etwas ist bedauerlich, sehr bedauerlich sogar, und „Bedauern" wäre wohl auch das Wort, welches in offiziellen Verlautbarungen erscheinen würde. Gerade deshalb ist es, kaum gesagt, auch gleich wieder grässlich falsch. Es verkommt zur Begriffshülse ohne (diesmal immerhin ungefährliches) Pulver, und solch hinterhältiges Degenerieren zum schäbigen Hohlraum täte mir nochmals aufrichtig leid. Aber ich finde kein treffendes Wort; ich finde überhaupt immer weniger treffende Worte. Also lassen wir's lieber dabei bewenden.

Neben dem Wissen um die Schuld und dem schlechten Gewissen wegen des Mangels an pflichtgemäßer Empfindung, das, wie man sieht, obendrein mehr Forderung ist als Wirklichkeit, bleibt nur etwas vage Beklemmendes. Etwas Dumpfes. Einzig Yvonne gegenüber empfinde ich aufrichtig Beschämung, und die stark. Hier wenigstens ist die tiefe Betroffenheit und trostlose Erschütterung da, die der Tote viel eher verdiente. Ein wenig rettet mich immerhin, dass anstelle der Betroffenheit, die Peter ja doch nichts mehr nützt, ich wirklich und wahrhaftig Reue empfinde gegenüber seiner – lebendigen – Schwester. Tiefe, „tätige" Reue. Immerhin höre ich jetzt über ein paar Ecken, dass es ihr gut geht.

Überhaupt hat mich manches während der Haft und hier in der Klinik tiefer und nachhaltiger erschüttert und mehr aufgewühlt als die Tat selbst. Die ist für mich auch heute noch nur in ihren Umrissen fassbar – fern, fast wie nur gewusst, damit nicht viel mehr als ein Gedanke, immerhin ein stets wiederkehrender, lähmender. Aber nachher, da war zunächst schon einmal die ganz neue Situation: allem voran ein Tagesablauf, wie ich ihn vorher noch nie gekannt hatte; dann all die Menschen, nicht nur Yvonne und Ernst, mit denen ich auf so neue, oft völlig überraschende Art zusammenkam; dann das ganze Drum und Dran der Untersuchung, die Richter, die Anwälte, besonders der völlig sinnlos eingesetzte Staranwalt mit seinem vollendeten, häufig genug ins Schauspielerische kippenden Gehabe des Herrn von Welt, selbst die graumelierten Schläfen fehlten nicht; dann die professionell hieb- und stichfeste, blitzschnelle Journalistin, welche die dünne harte Schale des Firmendirektors mit solcher Leichtigkeit knackte, dass dieser nicht einmal das Knacken, geschweige denn die Schale selbst bemerkte; dann die fast gemütliche Atmosphäre im Kerker auf dem Lande, und zuletzt die verständnisschwangere und doch irgendwie befremdende Stimmung hier in der Klinik. Das alles sind Anhaltspunkte, Ereignisse – Ereignisse freilich, die allesamt nicht geschehen wären ohne jene fatale Untat, deren ich überführt wurde, ich weiß, ich weiß! Und ich betone nochmals: Es tut mir leid, aufrichtig leid, dass der Auslöser ein Mord hat sein müssen. Es ist unverzeihlich und ich wiederhole: Ich bekenne mich zutiefst schuldig.

Doch hier will man ja heilen, nicht entschuldigen oder sühnen. Und zwar aus Berufspflicht, keineswegs aus der Einsicht heraus, die ich mir hier endlich angewöhnt habe, nämlich, dass solche Morde für immer unsühnbar sind. Auch die biblische Feindesliebe spielt hier wohl kaum mit – hier nicht und wohl erst recht nicht bei Schwester Yvonne. Denn am Anfang liebte sie ja nicht, sie wollte Rache. Und als sie liebte – oder helfen wollte –, da war ich ihr kein Feind mehr. Und sie ihrerseits hat ja ganz und gar recht: Auch mir war niemand Feind. In wohl keine persönliche Verstrickung war weniger von solchen Regungen gepackt als hier. Das ist es ja eben: Es gibt kein strafrechtlich triftiges Motiv für diese Tat, nicht einmal das erbärmlichste, selbstsüchtigste. Daher ja auch die Psychologie.

Geheilt werden soll ja der bedingt schuldunfähige Kranke, der den Fallstricken der eigenen Seele erlegen ist. Man glaubt pflichtschuldig an die Möglichkeit einer solchen Heilung. Doch je länger ich hier bin, desto weniger glaube ich selbst daran. Das mag ja schon zu einem gut Teil an mir, an den besonderen Tücken *meiner* psychischen Landschaft liegen. Auch allgemein schließt man jedoch, finde ich, zu leicht von den vielfältigen Möglichkeiten, auf körperliche Leiden einzuwirken, auf dieselbe Vielfalt in Bezug auf die Dynamik unseres Seelenlebens. Wenigstens tun das die Gerichtsbehörden – können wohl nicht anders, um mit Fällen wie dem meinen zurande zu kommen. Hier

153

in der Klinik weiß man natürlich darum, dass mitunter andere Geister geweckt werden als diejenigen, die man gerufen hat, und dass man als Behandelnder nur zu leicht in die vertrackte Lage des allzu wagemutig rufenden Zauberlehrlings gerät. Immerhin hält die moderne Chemie für diesen Fall einige Notbremsen in Form einer stets emsiger wachsenden Zahl von Psychopharmaka bereit. Ich selbst bin allerdings bisher zum Glück nur sehr sparsam damit bedient worden und all meine Texte schrieb ich garantiert nicht unter medikamentösem Einfluss (dies an allfällige Enzo-Leser!).

Mir scheint, ich erlebe hier so etwas wie eine Fortschreitung – etwas wie einen Rollentausch. Vom routinierten Berufsschauspieler unterscheidet mich sein bewusstes Hineinfühlen und -denken in die Figur, die er gibt. Er gestaltet, modelliert, verkörpert mit den Ingredienzien seines Selbst. Ich erwache bloß und merke, dass nicht mehr ist, was war. An sich schiebt uns ja schon der Alltag durch ein ansehnliches Sortiment von Rollenmustern und Funktionen; so ist es ja nicht Herr Meier, der spricht, sondern der Sekretär des Tabakwarenverbandes, nicht Frau Vogel, die Allianzen schmiedet, sondern die Ministerin oder Parlamentarierin, nicht Franz Huber, der die Firma XY repräsentiert, sondern der Generaldirektor der XY AG, und alle drei, Meier, Vogel und Huber, sind vielleicht abends noch Sportclub- oder Familienmitglieder, Mütter, Väter, Töchter, Söhne, danach, wenn Zeit und Vitamine hinreichen, erst noch Liebhaber oder Freunde, zu guter Letzt schlafende Liebhaber, Freunde, Sportclub- und Familienmitglieder. Das Ganze quirlt dann noch durch unsere verschiedenen Lebensphasen, hinterlässt und folgt Spuren – deren wir in ganz wenigen Ausnahmefällen sogar dann für Augenblicke habhaft werden, wenn wir sie nicht sezieren müssen. Doch dieses alltägliche Wechselspiel ist nicht, was mich hier und jetzt umtreibt, mein Erwachen nicht das Erkennen seiner bis anhin so heimtückisch selbstverständlich verborgenen Regeln, es ist weitaus radikaler. Bei mir steht nämlich einzig der Tausch fest, ich fühle ihn ständig, ja obsessiv – keineswegs aber die Rollen. Weder die bereits gespielten, diese je länger, je weniger, noch auch nur eine Ahnung dessen, was die Regie künftig mit mir im Schilde führt.

Vielleicht werde ich niemals mehr wissen, bis ans Ende meiner Tage nicht klarer sehen. Der Tausch bleibt so Tausch, wird zum Tausch in Permanenz, das Suchen zum Suchen um seiner selbst willen, und vielleicht täte auch Hans wirklich gut daran, sich in seinen „Sandkasten" zu setzen und in und mit Büchern oder, vielleicht etwas moderner, mit Videos und TV-Serien Möglichkeiten, Varianten lediglich in Betrachtung und damit in Betracht zu ziehen. Zurück in sein früheres Leben und damit zurück zu James Muller, auch zu Elotex, kann er ja ohnehin nicht, nur schon aus praktischen Gründen: Eine außerordentliche Generalversammlung hat ja längst eine neue Verwaltung, diese eine neue Generaldirektion gewählt, und obwohl sie dazu nicht gezwungen gewesen wäre, hat Elena ihre Aktien längst verscherbelt. Und auch darin hab ich sie – wirklich zum letzten Mal? – sogleich imitiert, selbst was den Akquirenten betrifft, der damit über eine solide Mehrheit verfügt. Ich selbst bin dabei so reich an Cash geworden, wie ich noch nie war zuvor.

Elena hat übrigens inzwischen, Ende September, geboren; ein Mädchen, Sabrina – nicht Barbara.

Eigenartig, es gibt so wenige Errungenschaften im Leben. Alles fließt, fließt von irgendwoher zu, perlt, fließt wieder weg, entschwindet, verflüchtigt sich, bleibt lediglich als Moment oder Epoche der Vergangenheit, hinterlässt eben nur jene Spuren, die mitunter ausgerechnet dann die entscheidenden Umrisse verlieren, wenn Gegenwart sie zu fassen sucht, hinterlässt Raum – Raum, vielleicht auch für Neues und anderes, unfehlbar jedoch für Leere. Leere in stets neuer Gewürzmischung. Hinterlässt bloß einen Film, einen Schleier über allem, hinterlässt Schaudern, Schauer, dem mitunter ein geradezu kosmisches Grinsen folgt, hinterlässt die Ahnung eines Soseins, das vage Gefühl einer Identität, das irgendwie hinter den Parts und Masken herumrumort und durch die Ritzen dazwischen und die dünnen Stellen der Häute hindurchschimmert, hinterlässt einen ratlos suchend sich im Kreise Drehenden – aber immerhin einen, der dies gemerkt hat.

Es hinterlässt in meinem Fall auch einen, der geredet hat. Geredet und geschwiegen. Einen, der immer und immer wieder verstummt ist, oft im falschen Moment. Und vor allem einen, der geschrieben hat. Einen, der an andere geschrieben hat, obwohl er für sich selber schrieb. Eigenartig, ich kann es nicht genug wiederholen, eigenartig, dieses Gefühl. Dieses Publikum im Nacken. Eigenartig, dieser Drang zu erklären, vielleicht auch zu rechtfertigen, aber vor allem zu erzählen, viel zu erzählen; einem Enzo, der man auch selbst ist, und dann doch wieder nicht; einem Enzo, der ja tatsächlich existiert – wenigstens existierte –, hier aber nur Vorlage ist für jene Figur, an die „man" sich wendet. Eine Figur, von der man gleichzeitig hofft und fürchtet, dass sie zu jenem vollgültig wirklich und dennoch wie schwebenden Etwas werde, das man mit dem Begriff „Leserschaft" zusammenfasst. Falls es je einen wirklichen Leser gibt, der mir hoffentlich persönlich nicht zu nahesteht, so soll er wissen, dass er gleichsam durch einen mehr oder minder fiktiven hindurchliest wie durch eine Brille – eine Brille mit vielleicht falscher Korrektur.

Immerhin vereint dieser Bericht Sprache, wie sie in dieser Skala wohl vorher noch in keinem Schriftstück von mir erschien. Noch nie gab es auf so engem Raum derartige Berg- und Tallandschaften. Allerdings ist dies ja auch der erste derartige Bericht, den ich geschrieben habe, und er wird wohl auch mein einziger bleiben. Ich kann mir schlicht nicht vorstellen, dass ich nochmals so schreibe. So schreiben können werde. Es ist wie wenn das sprachliche Abbild all meiner bisherigen Lebensabschnitte durch eine Linse gezogen und verdichtet worden wäre. Einzig der Geschäftsstil in Reinkultur bleibt ausgeblendet – gerade weil er statistisch gesehen die absolut häufigste Art meiner schriftlichen Äußerungen war.

Zwar will ich mir manchmal den Gefallen tun, zumindest diese Sprache als Errungenschaft zu betrachten, als ständigen Fundus, aus dem ich nun in Zukunft schöpfen könne – als der einzige wirklich greifbare und sichere Gewinn dieses Mordes und seiner Folgen. Solche Gedanken habe ich ja schon früher in diesem Bericht angedeutet. Doch auch da zweifle ich. Vielleicht ist auch sie nur ein Aufleuchten für ein paar Monate, eine Gunst, deren Folgen ich ungläubig bestaunen werde, wenn ich in ein paar Jahren diese Seiten wieder aufschlage. Eine Gunst, die meinem unsinnigen Verbrechen während dieser Monate wenigstens für Augenblicke einen Hauch von flüchtigem

Sinn nachschickte – posthum. Ich hoffe sehr, dass nicht nur diese paar lichten Augenblicke im Leben eines Schwerverbrechers so begünstigt werden.